Thomas Feibel

NetzKrimi: Fake News

NetzKrimi

Thomas Feibel

Illustriert von
Julia Dudenko

medhochzwei

Bibliografische Informationen der Deutschen Nationalbibliothek

Die Deutsche Nationalbibliothek verzeichnet diese Publikation in der Deutschen Nationalbibliografie; detaillierte bibliografische Daten sind im Internet über http://dnb.d-nb.de abrufbar.

FSC
www.fsc.org
MIX
Papier aus verantwortungsvollen Quellen
FSC® C013205

www.medhochzwei-verlag.de

ISBN 978-3-86216-843-9

Mitratekrimis für Medienkompetenz und Konzentration (Band 2)

Personen, Orte, Spiele und Firmen sind frei erfunden. Ähnlichkeiten mit lebenden Personen oder realen Orten, Spielen und Firmen sind rein zufällig.

Illustrationen:
Titelbild und Krimis: © Julia Dudenko;
Wissensteil: Vektorgrafiken: © shutterstock/VectorMine #1982827442, #1952788273, #1952872540, #2000850203, # 2006242469; Emoticons: © 2019 Twitter, Inc and other contributors. Code licensed under the MIT License: http://opensource.org/licenses/MIT. Graphics licensed under CC-BY 4.0: https://creativecommons.org/licenses/by/4.0/
Satz: Sabine Brand
Umschlaggestaltung: Sabine Brand
Druck: mediaprint solutions GmbH, Paderborn

Inhalt

Vorwort

Liebe Detektivinnen und Detektive,

Falschmeldungen und Falschnachrichten sehen täuschend echt aus und sind oft schwer zu erkennen. In zahlreichen Workshops habe ich gemeinsam mit Schülerinnen und Schülern eigene Nachrichten gefälscht. Denn wer einmal selbst eine Meldung gefälscht hat, fällt nicht mehr so leicht auf Fake News rein.

Um zu zeigen, wie gefährlich Fake News für uns alle sein können, habe ich mich für die kurzweilige Form des Mitratekrimis entschieden. Deshalb sind die Abenteuer der Detektivzwillinge Hilda und Hulda locker, witzig und spannend. Sie machen auf jeden Fall deutlich mehr Spaß als ein trockenes Arbeitsblatt und fördern ganz nebenbei deine Medienkompetenz.

Jeder Krimi fordert zudem dein detektivisches Gespür heraus, und um alle Fälle zu lösen, musst du sehr aufmerksam beobachten und auch Zusammenhänge erkennen. Weil die Geschichten so kurz sind, hast du einen schnellen Leseerfolg und die raffinierten Zusatzaufgaben steigern sogar deine Lesekompetenz.

Zum Schluss findest du noch einen nützlichen Sachbuchteil mit den wichtigsten Informationen, die du zu Fake News wissen musst.

Alle Krimis haben drei verschiedene Sterne für ihre Schwierigkeitsstufen.

* = einfach
** = mittel
*** = knifflig

Ich hatte sehr große Freude daran, diese Fake News-Geschichten über die schlauen Zwillingsschwestern Hilda und Hulda zu schreiben.

Viel Spaß beim Lesen!

Foto: HOFFOTOGRAFEN

Thomas Feibel
Berlin, August 2021

Thomas Feibel (Jahrgang 1962) ist der führende Journalist zum Thema „Kinder und digitale Medien" in Deutschland. Er leitet das „Büro für Kindermedien" (www.feibel.de) in Berlin und publiziert u. a. in „Der Spiegel", „c't" und arbeitet auch für Hörfunk und Fernsehen. Er schreibt Sachbücher („Jetzt pack doch mal das Handy weg", Ullstein), hält viele Vorträge, gibt Workshops und hat zahlreiche Kinder- und Jugendbücher („Mach Deinen Medienführerschein", „Happy, der Hund im Handy", Carlsen) veröffentlicht, die in zahlreiche Sprachen übersetzt wurden. 2014 wurde er von Bibliothek & Information Deutschland (BID) für seine Arbeit zur Leseförderung und Vermittlung elektronischer Medien für Kinder und Jugendliche mit der Karl-Preusker-Medaille ausgezeichnet.

Personen

Hilda und Hulda Abramson

Hilda und Hulda sind zwölf Jahre alt und total berühmt. 15 Millionen Fans folgen den dänischen Zwillingen auf YouTube, Instagram und TikTok. Hilda kennt sich gut mit Technik aus und Hulda hilft Kindern, wenn sie im Internet ernste Probleme bekommen. Seitdem sie in ihrer Schule selbst Opfer von Cybermobbing und Drohungen geworden sind, übernehmen sie als clevere Netz-Detektivinnen knifflige Fälle und überführen die Täter. Hilda und Hulda haben sich noch nie gestritten. Sie leben gemeinsam mit ihren YouTuber-Eltern und ihrem schlauen Hund Speck auf einem Hausboot auf der Spree in Berlin.

Friedo Grünfeld

Friedo erzählt in diesem Buch von seinen Abenteuern mit Hilda und Hulda. Er ist zwölf Jahre alt und geht mit den Zwillingen in die sechste Klasse der Seymour-Papert-Gesamtschule. Als begeisterter Gamer träumt er davon, ein richtiger Let's Player zu werden. Von der Idee sind seine Eltern nicht gerade angetan. Allerdings muss er noch viel über Schnitt, Beleuchtung und Ton lernen. Darum ist Friedo stets mit der Handykamera zur Stelle, wenn die Zwillinge einen neuen Fall lösen.
Friedo bewundert an Hilda ihren scharfen Verstand, und Hulda mag er wegen ihrer Warmherzigkeit sogar ein bisschen mehr.

Speck

Speck ist klug und versteht jedes Wort. Hilda und Hulda haben ihn als kleinen Welpen geschenkt bekommen, als sie sechs Jahre alt waren. Seinen Namen verdankt er einem Missverständnis. Denn damals hatten ihre Eltern ihnen erklärt, dass der Hund ein *Jack Russel* sei. Die Mädchen hatten aber ***Speck** Russel* verstanden und sich darüber kaputtgelacht. Seitdem heißt er Speck.

Er darf auch mit zur Schule und wird von einer Lehrerin zum Schulhund ausgebildet. Mit seiner Spürnase unterstützt er die Detektivarbeit der Zwillinge.

Aya und Mikkel Abramson

Die Eltern von Hilda und Hulda stammen aus Dänemark und sind selbst berühmte YouTube-Stars. Bekannt wurden sie mit Liveberichten von ihrer abenteuerlichen Weltumsegelung.
Kurz nach der Geburt der Zwillinge zogen die Abramsons nach Berlin und starteten ihren bekannten YouTube-Family-Kanal: „Wir sind die Abramsons". Millionen Menschen sahen Hilda und Hulda über das Internet aufwachsen.
Vater Mikkel bereitet heute auf YouTube und Twitch superleckere Rezepte zu, Mutter Aya klärt über wichtige, aktuelle Erkenntnisse aus der Wissenschaft auf. Ihr Studio ist im ersten Stock des Hausboots.

Erster Fall: Geld geboten für bessere Noten*

In der neuen Ausgabe unserer Schülerzeitung steht ein Artikel, der mich vollkommen aus den Socken haut. Eigentlich wollte ich nur einen kurzen Blick reinwerfen, weil ich darin selbst einen Artikel über die besten Games aller Zeiten schreiben durfte. Außerdem war ich auch sehr auf das Video von Hilda und Hulda mit unserem Lieblingslehrer Herrn Silbermann gespannt. Ihm hatten die Zwillinge erst wenige Wochen zuvor vorgeschlagen, künftig aus der gedruckten Schülerzeitung „PAPI" ein modernes Online-Magazin zu machen. PAPI steht dabei übrigens für unsere Seymour-Papert-Gesamtschule in Berlin.
Herr Silbermann hatte die Idee auf Anhieb super gefunden. Besonders weil Hilda und Hulda als total berühmte YouTube-Stars echt Ahnung von der Sache haben. Der Lehrer hat sich sofort voll reingehängt und das nötige Geld aufgetrieben, um die neue Redaktion der digitalen Schülerzeitung mit der nötigen Technik auszustatten: Vier schicke Notebooks, eine teure Kamera und Abos für Schreibprogramme und Bildbearbeitungs-Software. Zum krönenden Abschluss hatte er sogar noch ein Redaktionssystem spendiert. So ist Herr Silbermann eben.

Der Fotobeweis

Kein Wunder, dass alle Herrn Silbermann lieben: die Schüler, die Lehrer, die Eltern. Denn der Mann ist klug, nett und witzig. Außerdem behandelt er uns Schüler nicht wie kleine Kinder, sondern setzt sich dafür ein, dass wir im Schulalltag deutlich mehr mitentscheiden dürfen. Mit etwas Glück könnte Herr Silbermann unser neuer Schuldirektor werden. Aber daran kann ich nach diesem Artikel auf meinem Handy nicht mehr glauben. Und weiterhin unterrichten dürfte er an der Papert-Gesamtschule vermutlich auch nicht mehr.

PAPI Schülerzeitung der Papert-Gesamtschule

AKTUELLES FORUM KONTAKT IMPRESSUM

SKANDAL: BESTECHUNG AN DER PAPERT-SCHULE

Lehrer Simon Silbermann nimmt Geld für bessere Noten

Darüber gewundert haben wir uns schon lange, warum die meisten Schülerinnen und Schüler von Herrn Silbermann so gute Noten in Englisch, Spanisch und Ethik erhalten haben.

Die „PAPI"-Redaktion deckt die Wahrheit auf: Simon Silbermann nimmt Geld von Müttern und Vätern an, damit ihre Kinder Bestnoten bekommen. Die Rede ist von 2.500 Euro. Vermutlich haben sich bereits oft reiche Eltern mit Herrn Silbermann außerhalb der Schule getroffen, um unbemerkt ihren verbotenen Geschäften nachzugehen. Der „PAPI"-Redaktion ist ein Beweisfoto einer solchen heimlichen Übergabe zugespielt worden. Unsere Enthüllungen dürften das Aus für seine Karriere bedeuten, denn Lehrern ist es nicht erlaubt, Geschenke anzunehmen. Nicht einmal einen Blumenstrauß oder Pralinen, wenn sie mehr als zehn Euro gekostet haben.

Es ist ein Skandal, dass sich schwache Schüler aus wohlhabendem Elternhaus bessere Noten bei Herrn Silbermann erkaufen können. So jemand darf nicht der neue Schuldirektor der Papert-Gesamtschule werden.

Wir fordern unseren bisherigen Direktor Dr. Seitz auf, für eine gerechte und vom Geldkonto der Eltern unabhängige Benotung zu sorgen.

Auf dem Foto nimmt Herr Silbermann von einer Mutter einen Umschlag entgegen, aus dem ein fettes Bündel Geldscheine ragt. Die Frau selbst ist kaum im Bild zu erkennen, sondern nur ein Teil ihres Kleides und die Hand mit einem auffälligen Siegelring ist zu sehen.

Wo steckt Herr Silbermann?

Ich bin total geschockt. Das kann unmöglich sein! Noch nie zuvor bin ich so schnell zur Schule geeilt. Auf dem Parkplatz entdecke ich den alten Opel von Herrn Silbermann. Gut, denke ich, dann wird er sicher gleich den ganzen Schlamassel aufklären. In der ersten Stunde haben wir bei ihm Ethik. Nur erscheint Herr Silbermann nicht zum Unterricht.

In der ganzen Klasse sprechen alle laut durcheinander über die angebliche Bestechung. Aber keiner glaubt, dass an diesem unfassbaren Vorwurf irgendetwas etwas dran ist.

„Das stimmt doch niemals!“, empöre ich mich gegenüber Hilda und Hulda. Wie immer haben die Zwillinge ihren klugen Hund Speck in der Schule dabei.

Hilda nickt. „Diese Geschichte stinkt sowas von zum Himmel!“

Hulda streichelt nachdenklich Speck. „Und es passt auch gar nicht zu ihm.“

„Wer hat denn überhaupt diesen Schwachsinn verzapft?“, regt sich Hilda auf. „Es steht ja nicht einmal ein Name unter dem Artikel!“

„Das Foto kommt mir auch sehr merkwürdig vor“, stelle ich fest. „Herr Silbermann ist zwar klar zu sehen, aber die Mutter nicht. Kennt ihr jemanden mit so einem Ring?“

Hilda schüttelt den Kopf und Hulda seufzt. „Wenn Herr Silbermann nicht mehr unterrichten darf, will ich hier auch nicht mehr zur Schule gehen.“

Wir drei sind wütend und traurig zugleich.
„Und was sollen wir jetzt machen?", frage ich nach einer Weile.
„Waff, wraff", antwortet Speck.
„Speck hat recht", findet Hilda. „Wir müssen diesen Fall so schnell wie möglich aufklären, bevor der Ruf von Herrn Silbermann total ruiniert ist."
Dann betritt unsere Klassenlehrerin das Zimmer. Frau Kastinaki ist anzusehen, dass sie von dem Artikel genauso getroffen zu sein scheint wie wir. Aber eine beruhigende Erklärung für uns hat auch sie nicht.

Besuch in der Redaktion

In der Pause suchen die Zwillinge und ich die PAPI-Redaktion auf. Herr Silbermann hatte dafür gesorgt, dass die Schülerzeitung einen eigenen Raum im Untergeschoss erhalten hat. Hier stehen Tische mit Computern, Bildschirmen und einem riesigen Drucker.
Wir treffen allerdings nur auf zwei Schüler der zehnten Klasse, die ich vom Volleyball-Team kenne. Ich weiß nur, dass der Blonde Lovis heißt und der Rothaarige Gregor. Die beiden sitzen untätig vor ihren Notebooks und wirken ratlos.
„Wo ist Alwin?", frage ich.
Wegen meines Artikels hatte ich bisher nur mit Alwin zu tun. Alwin Stauder geht in die 11. Klasse und ist nicht nur ein begeisterter Vollblut-Gamer wie ich, sondern vor allem der Chefredakteur von PAPI.
„Der ist heute nicht gekommen", antwortet Gregor.
„Was?", wundert sich Hilda. „Wieso?"
„Naja", sagt Gregor. „Er ist schließlich als Chefredakteur verantwortlich und geht dem Riesenärger aus dem Weg."

„Ärger gibt's auch mehr als genug“, fügt Lovis hinzu. „Gerade war Direktor Seitz persönlich hier und hat uns gezwungen, den Artikel über Herrn Silbermann von der Seite zu nehmen.“
Hilda beginnt sofort mit dem Verhör. „Wer hat den Mist überhaupt geschrieben?“
Gregor zuckt mit den Achseln. „Wissen wir nicht. Die ganze Sache ist uns ein Rätsel. Dabei hätten wir das irgendwie mitbekommen müssen. Denn während ich die Texte bekomme und die Schlusskorrektur übernehme, ist Lovis für das Redaktionssystem und die Bebilderung zuständig.“
„Arbeiten sonst noch weitere Schüler mit?“, setzt Hilda nach.
„Schon“, meint Lovis. „Aber die kennen das Passwort nicht. Außerdem kontrolliert ein verantwortlicher Lehrer jeden Text vor Erscheinen. Nur er allein darf die Ausgabe freischalten.“
„Und wer ist dieser Lehrer?“, erkundigt sich Hulda.
Die beiden Elftklässler schweigen einen Moment.
„Herr Silbermann“, teilt uns schließlich Lovis zerknirscht mit.

Sag mal, spinnst du?

In der nächsten Stunde erscheint gar kein Lehrer. Über die Schulsprechanlage informiert uns die Sekretärin, dass wir eine Freistunde haben.
Die Zwillinge sitzen niedergeschlagen auf ihrem Tisch. Selbst Speck hat sich am Boden zusammengerollt und bedrückt den Kopf auf seine Pfoten gelegt.
„Wir müssen eigentlich nur eine zentrale Frage klären“, erklärt Hilda nach einer Weile grimmig. „Wer will Herrn Silbermann schaden?“
„Das wird schwierig“, finde ich. „Er ist doch bei allen total beliebt.“

„Nicht bei allen“, verbessert mich Hilda. „Der Täter muss ihn wirklich hassen, um sich in den Computer von PAPI einzuhacken und ein Foto zu fälschen.“
Falls es gefälscht ist. Ich räuspere mich, weil ich mich nicht so recht traue, meinen nächsten Gedanken auszusprechen. „Es gibt aber noch eine andere Möglichkeit. Was wäre, wenn der Artikel über ihn doch die Wahrheit sagt und das Foto echt ist?“
„Sag mal, bist du irre? Ich glaube, ich spinne!“, fährt mich Hulda an.
„Versteht mich nicht falsch“, verteidige ich mich schnell. „Ich glaube es ja selbst nicht.“
„Friedo hat schon Recht“, meint Hilda. „Als richtige Detektivinnen dürfen wir es zumindest nicht ausschließen.“
„Also ich schließe das auf jeden Fall aus“, brummt Hulda genervt.
Es schmerzt mich, dass sie wütend auf mich ist.

Krawall im Lehrerzimmer

Auch in der nächsten Stunde fehlt von Lehrern jede Spur. Darum suchen die Zwillinge und ich das Lehrerzimmer auf. Wie immer ist die Tür verschlossen. Aber dahinter wird lautstark gestritten. Anscheinend sorgt der Artikel auch im Lehrerzimmer für große Aufregung. Hilda klopft entschlossen. Weil niemand reagiert, hämmert sie so lange gegen die Tür, bis sie schließlich aufgerissen wird.

Vor uns steht die Schulsozialarbeiterin Vera Dollinger. Im Hintergrund erkennen wir Lehrer und Lehrerinnen mit hochroten Köpfen. Alle schreien durcheinander und fuchteln wild mit den Händen herum.

Vera tritt heraus und zieht die Tür hinter sich zu. „Ihr macht euch sicher Sorgen", sagt sie. „Kommt mal mit."

Vera führt uns in ihr Büro mit dem Sofa und den Kakteen. „Entschuldigt bitte, aber wegen Herrn Silbermann herrscht gerade helle Aufregung. Setzt euch."

Hilda lässt sich auf das Sofa plumpsen. „Gibt's denn schon etwas Neues?"

Vera Dollinger schüttelt den Kopf. „Ich weiß nicht, ob ich euch überhaupt etwas darüber erzählen darf. Aber ich kann sehr gut verstehen, dass ihr durcheinander seid."

„Wir sind nicht durcheinander", prescht Hulda vor, „sondern Detektivinnen und wollen helfen."

Die Schulsozialarbeiterin denkt einen Moment nach. „Also gut. Dr. Seitz hat heute Morgen Herrn Silbermann gebeten zu gehen."

Hulda ist entsetzt. „Er hat ihm gekündigt???"

„Nein, nein. Er soll nur frei nehmen, bis die Angelegenheit aufgeklärt ist. Die Schulleitung hat die zuständige Schulaufsicht in der Außenstelle informiert und stimmt mit ihr die weitere Vorgehensweise ab. Das Dumme ist nur, dass es mehrere Wochen dauern kann, bis die Sache gänzlich aufgeklärt wird."

So einfach ist das nicht

Hilda lässt nicht locker. „Hat denn Herr Silbermann Feinde unter seinen Kollegen?"
Vera lacht ungläubig. „Feinde?"
„Naja", meint Hilda. „Dr. Seitz geht doch bald in den Ruhestand und Herr Silbermann möchte seinen Posten übernehmen."
Vera lächelt nachsichtig. „So einfach ist das nicht. Die Stelle wird offiziell ausgeschrieben. Das bedeutet, dass sich jeder darauf bewerben kann. Außerdem ist Simon nicht der einzige Kandidat. Herr Claasen würde auch gerne die Schulleitung übernehmen. Er ist schließlich Konrektor und hätte ohnehin die Stelle vorübergehend inne."
Ausgerechnet Herr Claasen! Alle haben Angst vor dem strengen Chemielehrer. Denn er holt gerne Schüler überraschend nach vorne und stellt unvorhersehbare Fragen, deren Antworten er dann gnadenlos benotet.
„Steckt also er vielleicht hinter dem Artikel?"
Vera schüttelt den Kopf. „Die beiden haben sich zwar oft wegen des Handyverbots an der Schule gestritten, aber Herr Claasen würde wohl niemals so weit gehen." Sie hält kurz inne. „Nein, das traue ich ihm wirklich nicht zu."
„Wir sollten trotzdem mit ihm sprechen", erklärt Hilda.
„Verstehe. Heute ist es aber eher ungünstig", antwortet Vera.
„Und was wollen wir in der Zwischenzeit unternehmen?", frage ich.
„Waff, wraff", bellt Speck. Okay, machen wir eben das.

Zu Besuch bei Herrn Silbermann

Nach der Hofpause ist überraschend Schulschluss. Die Zwillinge und ich beschließen, Herrn Silbermann einen Besuch abzustatten. Wir möchten unbedingt wissen, was er zu dieser Falschnachricht zu sagen hat.
Mit der U-Bahn fahren wir nach Schöneberg. Die Adresse haben wir aus dem Telefonbuch im Internet erfahren.
Nach dem Klingeln öffnet uns Frau Silbermann. Sie wirkt sehr ernst und hält ein Baby auf dem Arm. „Ihr wollt sicher zu Simon", sagt sie und lässt uns mit dem Hund rein.
Herr Silbermann sitzt am Küchentisch. Sonst strahlt er immer so eine ansteckende Fröhlichkeit aus. Aber jetzt starrt er nur betrübt in seine Teetasse. Daneben liegt der Ausdruck des unheilvollen Artikels über die angebliche Bestechung.
„Mensch, ist das schön euch zu sehen!", ruft er überrascht und springt erfreut auf. Jedenfalls so erfreut, wie es ihm unter solchen traurigen Umständen möglich ist. „Ich hatte schon befürchtet, dass keiner aus der Schule mehr ein Wort mit mir wechselt. Wie habt ihr mich gefunden?" Dann patscht er sich mit der Hand an die Stirn. „Dumme Frage. Detektive kriegen alles raus."
Der Lehrer holt Gläser und eine Flasche Wasser. „Ich sage es euch lieber gleich: Ich habe nie Geld für Noten genommen. Die ganze Geschichte ist vollkommen erstunken und erlogen!"
„Ich habe nie etwas anderes geglaubt", versichert ihm Hulda, und Hilda und ich nicken.

Die Frau mit dem Siegelring

Frau Silbermann setzt sich mit dem Baby an den Tisch. „Und das Foto ist ebenfalls eine Fälschung!“, erklärt sie.
Herr Silbermann gießt uns Cola ein und tippt dann auf den Ausdruck. „Allerdings eine sehr gute Fälschung. Wer immer das gemacht hat, versteht jedenfalls sein Handwerk.“
„Wissen Sie, wer die Mutter auf dem Bild sein könnte?“, fragt Hilda.
„Das ist der Siegelring von Frau Wattenberg, der Mutter von Silvana“, erklärt er und stellt Speck ein Schälchen mit Wasser hin. Gierig schlabbert der Hund drauflos. „Ich habe mir schon den ganzen Tag den Kopf zerbrochen, wann das Foto entstanden sein könnte, aber ich kann mich beim besten Willen nicht erinnern.“
„Könnte Frau Wattenberg das Bild der Schülerzeitung geschickt haben?“
Herr Silbermann zuckt mit den Schultern. „Wenn ja, wozu? Silvana ist doch sowieso eine exzellente Schülerin. Das macht doch diesen Vorwurf, ich würde Geld nehmen, nur noch abwegiger.“
Ich kenne Silvana. Sie ist Alwins Freundin und hängt in der Pause immer händchenhaltend mit ihm rum.

Wir sind bestimmt keine Freunde

„Was ist mit Herrn Claasen?“, fragt Hulda.
„Herr Claasen?!“ Der Lehrer schaut verwundert. „Was soll mit ihm sein?“
„Wir haben erfahren“, meint Hilda, „dass auch er auf die Stelle des Direktors scharf ist.“

Herr Silbermann lacht laut. „Das stimmt. Er und ich sind ganz bestimmt keine Freunde, aber es ist vollkommen unmöglich, dass er hinter dieser Angelegenheit steckt."

„Und was macht Sie da so sicher?", frage ich.

„Naja, wer diesen Artikel und das Foto in die Schülerzeitung gebracht hat, braucht gute Computerkenntnisse. Er muss das Redaktionssystem bedienen und mit Photoshop umgehen können."

Hilda zuckt mit den Schultern. „Ja, und?"

„Claasen kann das nicht… Er hasst Technik und hat selbst weder Computer noch Handy. Er kommt noch nicht mal mit dem Kaffeeautomaten klar."

„Hm", macht Hilda. „Klingt einleuchtend."

„Und Alwin?", fragt Hulda. „Er ist doch der Chefredakteur von PAPI und heute nicht in der Schule erschienen."

„Echt?" Herr Silbermann zieht erstaunt die Augenbrauen hoch. „Das wusste ich nicht. Aber es würde mich wirklich wundern. Alwin ist sehr zuverlässig und grundehrlich, wenn ihr mich fragt. Auch zu Gregor und Lovis passt das überhaupt nicht. Das sind gute Jungs."

Herr Silbermann darf seinen Job nicht verlieren

Nachdenklich beißt sich Hilda auf die Unterlippe. „Wir stecken fest", meint sie missmutig.

„Wir können nur abwarten", findet Herr Silbermann. „Ich hoffe bloß, dass sich die Sache schnell aufklärt. Wisst ihr, der Lehrerberuf ist für mich nicht nur ein Job, sondern meine Leidenschaft. Wenn ich nicht mehr in einer Schule arbeiten dürfte, wäre das für mich das Allerschlimmste."

„Waff, wraff", bellt Speck kurz.

„Genau, Speck! Wir lösen diesen Fall“, verspricht Hulda.
„Vielleicht sollten wir uns mit Frau Wattenberg unterhalten“, schlage ich vor, „um rauszufinden, wann und wo dieses Foto entstanden ist.“
„Der Artikel ist aber nicht mehr online“, gibt Hilda zu bedenken.
„Nehmt diesen Ausdruck mit“, schlägt Herr Silbermann vor.

Die Frau auf dem Foto

„Was ist los, Friedo?“, fragt Hulda. „Kommst du jetzt mit rein oder nicht?“
Ich weiß nicht so recht. „I-ich würde lieber mit Speck draußen warten“, stottere ich.
Herr Silbermann kannte zwar die Adresse von Frau Wattenberg nicht, wusste aber immerhin, dass sie ein Modegeschäft in der Kastanienallee betreibt.
Er hat allerdings nicht erwähnt, dass es sich um ein Geschäft für Damenunterwäsche handelt.
Hilda klopft mir auf die Schulter. „Na los, gib dir schon einen Ruck“, fordert sie mich auf. „Und keine Sorge, wir passen gut auf dich auf, damit dich keine Unterhose beißt.“
Und so trotte ich widerwillig den Zwillingen und Speck hinterher.
In der Boutique erkundigen wir uns bei einer Verkäuferin nach Frau Wattenberg, die anschließend aus ihrem Büro kommt.
Hilda schubst Hulda kurz an. Dann merke ich, warum.
Frau Wattenberg trägt an ihrer rechten Hand den auffälligen Siegelring.
„Ja bitte?“, fragt sie freundlich.
Da Frau Wattenberg noch nichts von der Geschichte über Herrn Silbermann mitbekommen hat, erzählen ihr Hilda und Hulda alles in wenigen Sätzen.

„Wie schrecklich", ruft sie aus und schüttelt den Kopf. „Herr Silbermann ist ein ausgezeichneter Lehrer. Meine Tochter Silvana schwärmt immer nur von ihm. Es kann sich doch nur um ein Missverständnis handeln."
„Kein Missverständnis, eher Absicht", klärt Hilda sie auf. „Wir möchten herausfinden, wer der Schuldige ist."
Frau Wattenberg fährt sich nachdenklich durchs Haar. „Aber wie kann ich euch da behilflich sein?"
Hilda holt den Ausdruck aus der Tasche und faltet ihn auf. „Sind Sie das auf diesem Foto?"

Es kann praktisch jeder gewesen sein

Frau Wattenberg zieht eine riesige Brille auf und betrachtet das Bild genauer. „Ja, das bin ich. Aber ich habe Herrn Silbermann niemals Geld gegeben. Ehrenwort."
„Wir glauben Ihnen", beteuert Hulda. „Dieses Foto mit dem Bündel Geldscheine wurde sehr professionell bearbeitet."
„Haben Sie aber vielleicht Herrn Silbermann mal so einen Umschlag überreicht?", hakt Hilda nach.
Ratlos schüttelt sie den Kopf. „Nicht, dass ich wüsste."
„Darf ich vielleicht das Bild mal sehen?", fragt eine Stimme.
Silvana hat unbemerkt den Laden betreten. Sie ist einen ganzen Kopf größer als ihre Mutter. Anscheinend war sie gerade mit ihrem Pudel unterwegs gewesen. Speck und der Pudel schnüffeln begeistert an sich herum. Hilda reicht Silvana den Ausdruck.
„Ich bin stinksauer", erklärt sie finster. „Nicht nur wegen dem Ärger für Herrn Silbermann, sondern auch weil meine Mutter mit reingezogen wurde." Dann betrachtet sie das Foto näher. „Mama, schau doch mal dein Kleid auf dem Bild genauer an. Weißt du vielleicht noch, wann du es getragen hast?"

„Ach ja“, ruft sie. „Das war beim Sommerfest der Schule.“
„Stimmt“, erinnert sich Silvana. „Das muss auf der Bühne bei der Tombola gewesen sein. Aber nicht du hast Herrn Silbermann einen Umschlag gegeben, sondern er dir.“
„Was war denn im Umschlag?“, frage ich.
„Die eingesammelten Lose“, sagt Frau Wattenberg. „Ich habe beim Schulfest ausgeholfen und die Lose in die gläserne Lostrommel gekippt. Danach durfte ich die Gewinner ziehen.“
„Das Geld wurde vermutlich nachträglich hineinmontiert“, meint Hilda. „Wer könnte denn das Foto gemacht haben?“
Silvana zuckt mit den Schultern. „Praktisch jeder, der vor der Bühne stand.“
„Schon wieder eine Sackgasse“, urteilt Hulda.
„Dann sprechen wir jetzt mit Alwin“, beschließt Hilda.
Silvanas Gesicht verdüstert sich. „Um eins klarzustellen: Alwin hat nichts damit zu tun.“
Hulda schaut überrascht. „Was macht dich da so sicher?“
„Weil wir zusammen sind“, antwortet sie trotzig. „Ich habe ihn gerade besucht, und er hat mir bei unserer Liebe geschworen, dass er es nicht war.“

Eine echte Überraschung

Eine halbe Stunde später stehen wir in Pankow vor einem Einfamilienhaus. Angeblich wohnt dort Alwin mit seiner Familie. Nur steht an der Klingel kein Name. Merkwürdig.
„Es muss hier sein“, stellt Hulda fest. „Jedenfalls stimmt die Hausnummer, die uns Silvana gegeben hat.“
„Finden wir es heraus“, meint Hilda und klingelt.
Ein Mann in Hausschuhen öffnet die Tür. „Was macht ihr denn hier?“, fragt er einigermaßen erstaunt.

Die Zwillinge und ich sind ebenso verblüfft, denn vor uns steht unser Konrektor Herr Claasen. Damit hat keiner von uns gerechnet.
„Wir wollten eigentlich zu Alwin", bringt Hilda mühsam heraus.
Streng schaut er uns an. „Kommt bitte rein. Mein Sohn ist oben in seinem Zimmer."
Sein Sohn?!
Dann bleibt Claasen unvermittelt auf der Treppe stehen. „Eine böse Sache mit dem Kollegen Silbermann", erklärt er. „Er und ich sind nicht immer einer Meinung, aber sowas würde er niemals tun."
„Haben Sie eine Idee, wer den Artikel geschrieben hat?", will Hulda wissen. Er schüttelt den Kopf.
„Es könnte jemand sein", vermutet Hilda, „der verhindern möchte, dass Herr Silbermann neuer Schuldirektor wird."
„Das ist denkbar", räumt Herr Claasen ein. „Aber noch steht gar nicht fest, wer die Stelle von Dr. Seitz erhalten wird. Nun, ich habe zwar auch ein persönliches Interesse daran, die Schule zu leiten. Aber ich sehe das eher sportlich und würde keinesfalls einen anderen Bewerber derart in Verruf zu bringen."
Die Zwillinge und ich schauen uns kurz an. Herr Claasen ist unschuldig.

Jeder gibt mir die Schuld

„In der Schule darf niemand wissen, dass er mein Vater ist", informiert uns Alwin, kurz nachdem wir sein Zimmer betreten haben. „Bitte sagt es niemanden."
„Wieso ist das denn so ein Geheimnis?", fragt Hulda.
Alwin holt seufzend Luft. „Es soll keiner denken, dass er mich bevorzugt. Darum trage ich in der Schule den Nachnamen meiner

Mutter. Nur Dr. Seitz weiß Bescheid. Und Silvana. Aber um eins klarzustellen: Ich habe nichts mit der Falschnachricht zu tun."
„Und warum bist du dann heute nicht zur Schule gekommen?", forsche ich nach.
„Ich war da. Aber als ich mitbekommen habe, was los ist, bin ich gleich wieder abgehauen. Ich wusste ja, dass mir jeder die Schuld geben würde. Zu Recht. Als Chefredakteur trage ich schließlich auch die Verantwortung für sämtliche Inhalte der Schülerzeitung."
„Hast du vielleicht eine Idee, wer den Artikel geschrieben hat?", möchte Hilda erfahren.
„Eine Idee nicht, aber einen Verdacht. Ich habe gleich mit Gregor und Lovis ein Krisentreffen. Dr. Seitz hat uns inzwischen gezwungen, die ganze Schülerzeitung vom Netz zu nehmen. Es ist sogar noch schlimmer. Er will sogar PAPI komplett einstellen und die Redaktion auflösen."
„Was?", rufen die Zwillinge erschrocken. „Das kann er doch nicht machen!"
Alwin nickt bitter. „Dr. Seitz kann und wird. Ausgerechnet am ersten Erscheinungstag der Online-Ausgabe! Dabei war ich so stolz auf unser Ergebnis. Wir alle haben in Rekordzeit so hart geackert. Euer Video mit Herrn Silbermann ist übrigens super geworden. Und dein Artikel, Friedo, ist auch richtig gut. Eigentlich wollte ich dich fragen, ob du Lust hättest, regelmäßig über Games zu schreiben oder ob du nicht für PAPI Let's-Play-Videos machen möchtest." Er schaut verzweifelt. „Aber das ist jetzt Geschichte."

Du bist schuld. Nein, du.

Das Krisentreffen findet in der PAPI-Redaktion statt. Das Schulgebäude ist noch offen und Alwin hat einen Schlüssel für den Raum. Wir sind allerdings nicht allein. Auch Silvana und ihr Hund begleiten uns. Speck freut sich jedenfalls über das Wiedersehen mit der Dackeldame. Und sie sich offensichtlich auch.

In der Redaktion warten schon Lovis und Gregor auf uns.

„Für mich ist die Sache klar", beginnt Alwin. „Nur wir drei haben Zugang zum Redaktionssystem. Es wäre also gut, wenn einer von euch zugibt, den Artikel reingesetzt zu haben."

„Ich glaube, es hackt", regt sich Gregor auf. „Wer sagt denn, dass du es nicht warst?"

„Gregor hat Recht!", findet auch Lovis. „Kannst du deine Unschuld beweisen?"

„Natürlich", erklärt Alwin. „Weil ich ein Ehrenmann bin."

„Und ich etwa nicht?", wundert sich Gregor. „Alwin, du warst schon immer so ein arroganter Fatzke."

„Hört auf euch zu streiten", mischt sich Silvana ein. „Denkt lieber an Herrn Silbermann. Wollt ihr wirklich, dass er seinen Job verliert?"

„Natürlich nicht", sagt Lovis. „Ich finde, der Täter sollte von der Schule fliegen."

„Ganz meiner Meinung", stimmt ihm Gregor zu.

„Wer immer es war", beginnt Hilda, „hat das Passwort und ist technisch dazu in der Lage."

„Sorry", sagt Lovis, „aber seit wann muss ich mich dafür entschuldigen, dass ich mich mit Photoshop auskenne?", regt sich Lovis auf. „Nur ist das noch lange kein Beweis dafür, dass ich das Foto vom Silbermann mit der Wattenberg gefälscht habe."

„Ich sehe es genau wie Lovis“, meint Gregor. „Ich beherrsche Photoshop auch ziemlich gut. Das weiß jeder, aber ich würde niemals Herrn Silbermann so etwas antun. Er hat uns allen mit der PAPI-Webseite eine Riesenchance gegeben.“ Er nickt in Richtung Alwin. „Soweit ich weiß, hast du in der Projektwoche mal einen Photoshop-Kurs für die unteren Klassen gegeben.“
Hilda und Hulda schauen sich lachend an.
„Was ist denn so lustig?“, fährt Silvana die Zwillinge an.
„Wir wissen jetzt, wer der Täter ist“, erklärt Hilda.
„Einer hat sich gerade verraten“, meint Hulda.
Die drei Jungen schauen total verdutzt. Ich auch.
Speck verliert kurzfristig sein Interesse an der Pudeldame und bellt. „Waff, wraff.“
Sogar der Hund weiß wieder einmal mehr als ich. So ein Mist!

NetzKrimi-Aufgaben

1. **Wer hat den Artikel geschrieben und das Foto gefälscht?**
2. **Finde in den Wörtern mindestens fünf versteckte Tiere!** (Zum Beispiel: Walter.)
3. **Welche drei Fehler haben sich eingeschlichen?**

Auflösung auf S. 113

Zweiter Fall: Dieser Kübel ist voll übel***

Ich liebe Iskender. Das ist ein ganz besonderer Döner. Er wird auf einem Teller mit grob gewürfeltem Fladenbrot und warmer Tomatensoße serviert. Darüber kommen hauchdünnes, knuspriges Dönerfleisch und etwas Knoblauchjoghurt. Das duftet so unglaublich gut, dass ich es kaum noch aushalte. Schon greife ich nach der Gabel, um den allerersten Happen aufzuspießen.

Aber da bremst mich plötzlich Hilda. „Nein, Friedo!"

Überrascht zucke ich zusammen.

„He, was machst du denn??" Auch Hulda schaut mich verständnislos an. „Wir haben ein Job! Schon vergessen?"

Die Zwillinge und ich stehen gerade im superschicken Dönerladen, der vor kurzem gegenüber der Papert-Gesamtschule neu eröffnet hat. Seitdem bleibt die Mensa in der Mittagspause meistens wie ausgestorben, denn alle Schüler strömen zum „Dönerlüttchen". Dabei ist der Laden echt nicht billig, weil hier alles aus Bio-Fleisch zubereitet wird. Aber auch der Falafel und die anderen vegetarischen Gerichte sind superlecker.

Hilda stemmt ungeduldig die Hände in die Hüften. „Bist du nun unser Kameramann oder nicht?"

„Sorry", entschuldige ich mich, ohne den Blick vom dampfenden Teller abwenden zu können. „Das Essen muss irgendwie meinen Verstand ausgeschaltet haben."

Sie nickt. „Gut erkannt. Und jetzt lege endlich die blöde Gabel weg, damit wir weitermachen können."

Der leckerste Dönerladen der Welt

Heute drehen wir ein Video im Dönerlüttchen. Seit ein paar Monaten unterstütze ich Hilda und Hulda bei Außendrehs als Kameramann. Und darauf bin ich ziemlich stolz. Außerdem lerne ich dabei eine ganze Menge von den Zwillingen.
Eigentlich sind ja Imbissbuden nicht so ihr Ding, aber sie finden den Imbiss einfach zu gut und wollen ihren Fans davon vorschwärmen. Die beiden Besitzer haben sich darauf eingelassen, obwohl sie es gar nicht nötig haben. Denn der Laden von Dirk und Hamza brummt.
Damit wir ungestört drehen können, mussten sie sogar kurz abschließen. Draußen vor der Tür wartet Speck geduldig.

Das Interview mit Dirk und Hamza habe ich bereits im Kasten. Sie sind seit ihrer Kindheit beste Freunde. Beide haben sich ihren Traum erfüllt: einen eigenen Dönerladen.
Jetzt filme ich, wie sich die Zwillinge über den wunderbaren Iskender hermachen.
Bei jedem Bissen, den die Schwestern in sich reinstopfen, leide ich.
„Leute“, ruft Hilda in die Kamera. „Das müsst ihr einfach probieren. Es ist mmmmmh!“
„So lecker!“, meint auch Hulda.
Später reicht mir Dirk lachend eine eigene, besonders große Iskender-Portion. Gierig greife ich erneut nach der Gabel.
„Stopp!!!“, hält mich Hilda erneut ab.
Unfassbar! „Was ist denn jetzt schon wieder?“
„Du musst erst noch ein paar Nahaufnahmen vom Teller für den Zwischenschnitt machen“, erklärt Hulda.
Danach darf ich doch noch reinhauen. Es schmeckt sensationell.

Das Posting des Grauens

Am frühen Abend sitze ich mit den Zwillingen im Studio ihres Hausboots. Speck liegt auf dem Boden und schnarcht leise. Ich kann gar nicht so schnell folgen, wie flott Hulda den Film am Rechner zusammenschneidet. Hulda legt beschwingte Musik unter die Aufnahmen und blendet bunte Sprechblasen wie „OMG“ und „Mega!“ ein, die dann – plopp-plopp – zerplatzen. Anschließend stellen die Zwillinge das fertige Ergebnis auf verschiedenen sozialen Netzwerken online.
„Waff, wraff.“ Selbst Speck scheint damit zufrieden zu sein.
Den restlichen Abend genießen wir oben auf dem Sonnendeck des Hausboots, bevor ich nach Hause muss.

Auf dem Tablet checken wir jetzt, wie gut das Video über das Dönerlüttchen ankommt.
Krass! Die Likes trudeln praktisch im Sekundentakt ein.
Hunderte Fans hinterlassen auf „looklook“ freundliche Kommentare. Viele wünschen sich noch mehr Essenstipps von den Schwestern. In einer Spalte schreibt eine Luisa: „Hey, habt ihr das schon gesehen?“ Hilda klickt auf den Link.

Opfer Welt: So sieht es also hinter dem Dönerlüttchen aus.
Sie nennen es „Bio“!

Gefällt mir 😢 😡 438 Kommentare 30 mal geteilt

Kommentare:

Hans Durst: Wohl eher Biomüll!!!

Rita Heufels: Igitt, das ist ja ekelhaft.

Bilbao Espana: Mir wird schlecht.

ResiBesi: Kotz und würg.

Volker Pronz: Den Laden betrete ich nie wieder …

Horst Tannenbaum: Verkaufen die auch an Tiere? 😟

Welpe Torf: Jemand muss das Gesundheitsamt informieren.

Maike Müller: Habe ich schon erledigt.

ManniPenny: DIE sind sowas von erledigt!!

Polet Werf: Die Drecksbude muss schließen, mehr verlange ich nicht …

Wer zum Kuckuck ist „Opfer Welt"?

Hulda schüttelt verwirrt den Kopf. „Was ist denn jetzt los?"
„Das darf ja wohl nicht wahr sein!", sagt Hilda entrüstet.
Selbst der Hund erwacht aus dem Koma und bellt: „Waff, wraff."
„Das stimmt, Speck", findet Hulda. „Es kann sich wirklich nur um einen schlechten Scherz oder eine Fotomontage handeln."
Das Foto wird auf looklook weiter und weiter geteilt. Erst über 200 Mal, dann über 300 Mal und wenige Minuten später sogar über 500 Mal.
„Wir müssen ganz schnell etwas unternehmen. Denn das schadet nicht nur Dirk und Hamza, sondern auch uns, weil wir schließlich das Dönerlüttchen empfohlen haben."
„Und wie?", frage ich.
„Schauen wir uns genauer an, wer das Bild gepostet hat", schlägt Hilda vor.
„‚Opfer Welt' ist bestimmt kein echter Name", erklärt Hulda.
Sofort knöpfen wir uns die Profilseite von Opfer Welt vor. Allerdings fehlen persönliche Angaben. Es gibt auch kein Profil-Foto, und der Rest seiner Postings besteht nur aus weitergeleiteten Artikeln zu anderen Restaurants und Imbissbuden. Dass die Person sich fürs Essengehen interessiert, ist eigentlich schon alles, was wir herausfinden.
„Mist", findet Hilda. „Das sieht mir schwer nach einem Fake-Profil aus."
Ich bin enttäuscht. „Also sind wir genauso schlau wie vorher."
„Wir melden das bei looklook", erklärt Hilda entschlossen. „Wenn die das schnell runternehmen, hat der Spuk bestimmt ein Ende."
Aber sie irrt sich.

Das Netz tobt

Am nächsten Tag ist das Foto leider immer noch online. Auch der Ton in den Kommentaren nimmt an Schärfe zu.

Kommentare:

Hänsel Gret: Werft die Betreiber ins Gefängnis!

Irene Hausen: Das wäre noch viel zu gut für diese Schweine.

Goldmaus: Meine Kinder haben dort gegessen und wurden mit diesem Fraß vergiftet.

Welpe Torf: Ich fühle mich auch schon ganz krank. Ich habe unseren Anwalt eingeschaltet.

Frau Bella: Sorry, Leute, aber das ist doch ein ganz klarer Fall von Fotomontage. Jemand will, dass das „Dünerlöttchen" dicht macht.

Sandro Astmann: Du kannst ja gerne Katzenfutter essen, wenn du das magst.

Opfer Welt: Lasst uns über eine Sammelklage nachdenken. Die sollen bis zum Sanktnimmerleinstag Schmerzensgeld zahlen!

Polet Werf: Guter Plan. Wer macht mit?

Dann bekommen sich auch noch die looklook-Nutzer alle untereinander in die Haare.

Läuft gar nicht bei uns

In der Mittagspause gehen die Zwillinge und ich zum Dönerlüttchen hinüber. Normalerweise ist es um diese Uhrzeit voll. Wer sich etwas zu essen holen möchte, muss sich an einer langen Schlange anstellen. Jetzt ist kein Mensch zu sehen und die Tür abgeschlossen. Die beiden Jungs sperren erst nach längerem Klopfen auf.

„Das ist Rufmord", stellt Hamza traurig fest. „Davon werden wir uns nie wieder erholen."

„Wir sind praktisch ruiniert“, meint Dirk niedergeschlagen. „Das Gesundheitsamt hat uns geschlossen und keiner weiß, wie lange ihre Untersuchung andauert.“

Hamza schüttelt den Kopf. „Die Bank hat uns auch schon einbestellt, um mit uns über den laufenden Kredit zu sprechen.“

„Ich wusste gar nicht, dass die sich die Seiten ihrer Kunden auf sozialen Medien anschauen“, stellt Hilda überrascht fest.

„Machen sie auch nicht.“

Dirk knallt uns die BLOCK-Zeitung auf den Tisch.

Auf der Titelseite prangen zwei Fotos. Erst der Eingang des Dönerlüttchen, daneben das Bild aus looklook mit den leeren Hunde- und Katzenfutter-Dosen.

Dirk legt uns noch zwei weitere Tageszeitungen auf den Tisch.

„Berlins beliebteste Imbissbude: Tierfutter im Döner?“, steht auf der Titelseite von Täglich Berlin. Der Text stammt vom Cityreporter Peter Wolf.

Auch das Berliner Blatt greift das Thema auf, allerdings etwas gemäßigter: „Schlimmer Verdacht“ hat eine gewisse Roswitha Schönbrunn geschrieben.
Die beiden Tageszeitungen zitieren dabei aus der BLOCK.
„Das ist unser Ende!“, murmelt Hamza.
„Ist es nicht“, erklärt Hulda. „Macht euch keine Sorgen. Wir werden der Sache auf den Grund gehen und den Fall lösen.“
„Schauen wir uns doch erstmal den Tatort an“, schlägt Hilda vor.

Sind so viele Dosen

Der Anblick im Hinterhof ist unverändert: Dort steht der überquellende Müllcontainer. Überall liegen kreuz und quer leere Hunde- und Katzenfutterdosen.
„Der Täter muss den ganzen Schrott persönlich hergebracht haben“, vermutet Hulda. Wer macht sich bloß so eine Mühe?“
„Ich wollte das alles schon entsorgen lassen“, meint Hamza. „Aber Dirk musste ja unbedingt die Polizei informieren.“
„War aber sinnlos“, erklärt Dirk. „Die haben die Sache nicht ernst genommen.“
„Das Auskippen der Dosen muss einen Mordslärm gemacht haben“, schätzt Hilda. „Hat vielleicht jemand etwas gehört oder den Täter gesehen?“
Dirk und Hamza schütteln die Köpfe.
„Wer kann alles in den Hof?“
„Praktisch jeder“, meint Dirk. „Die Zufahrt ist nie abgeschlossen.“
Hilda denkt nach. „Wer könnte etwas gegen euch haben?“
Dirk zuckt mit den Schultern. „Keine Ahnung.“
„Vielleicht eine andere Imbissbude aus der Nachbarschaft?“, vermute ich. „Ihr seid vielleicht eine zu starke Konkurrenz.“

Hamza glaubt das nicht. „Hier gibt es nur eine Pizzeria und die Fleischerei Müller verkauft Bratwürste vom Grill und Currywurst. Aber mit Luka sind wir befreundet und der Metzger ist auch total nett. Der isst ab und zu bei uns."
„Wir sollten mit beiden mal sprechen", beschließt Hilda.

Fangt jetzt nicht auch noch an

Da der Italiener erst am Abend öffnet, gehen wir zur Fleischerei. Speck tut mir ein wenig leid, denn er muss natürlich schon wieder draußen warten. Metzger Müller ist ein schlanker Mann mit rotem Gesicht und schwarzer Kappe. Er trägt einen Kittel und schärft gerade sein Messer. Über ihm hängt eine Wurstkette.
„Dürfen wir Sie etwas fragen", beginnt Hilda zaghaft.
„Oh nein!", knurrt er. „Ihr kommt doch bestimmt auch von dieser Schule gegenüber. Jede Woche halten mir Schüler eine Standpauke, weil sie Vegetarier sind."
„Eigentlich wollten wir nur fragen, ob Sie etwas über den Vorfall mit dem Dönerlüttchen wissen", klärt Hilda ihn auf.
Metzger Müller schaut überrascht. „Hab's mitbekommen", sagt er. „Aber man darf natürlich nicht alles glauben, was in der Zeitung steht." Er zeigt zur Wand. „Außer sowas natürlich!"
In einem Rahmen steckt ein großer Artikel aus Täglich Berlin. Auf dem Foto grinst Herr Müller, in der Hand hält er ein gigantisches Hackbeil. Darunter steht: „Leser haben gewählt: Beste Currywurst von Berlin bei der Fleischerei Müller."
Er lacht. „Hat einen ganz hübschen Rummel verursacht. Die Leute standen plötzlich Schlange für meine Currywurst. Der Reporter ist übrigens seit Jahren mein Stammkunde und außerdem mein Schwager."

Hilda runzelt die Stirn. „Dann müsste ja der Dönerladen Ihre direkte Konkurrenz sein, oder?"
Er winkt ab. „Mir ist das vollkommen wurst, hehe. In dieser Stadt gibt es genug Angebote für jeden Geschmack. Wollt ihr vielleicht eine Currywurst probieren? Ist ganz frisch – mit Darm!"
Hilda lehnt dankend ab.
„Eine Frage noch: Sind Sie auf looklook?"
Der Metzger fasst sich ratlos an die weiße Kappe. „Was soll das sein?"

Wo kommen all die Dosen her?

Vor der Metzgerei binden wir Speck los.
„Ich glaube, wir können den Metzger von der Liste der Verdächtigen streichen", erklärt Hulda.
„Ich weiß nicht", meint Hilda. „Aber wie gehen wir weiter vor?"
„Waff, wraff", macht Speck.
„Genau, Speck", sagt Hilda. „Es sind wirklich eine hübsche Menge Dosen. Und alle leer."
„Entweder besitzt der Täter selbst Hunde und Katzen", vermutet Hulda, „und er hat die Büchsen extra für das Foto und das Posting gesammelt. Aber das kann ich mir nicht vorstellen."
„Oder die Dosen kommen von anderswo her", fährt Hilda fort. „Wo gibt es denn besonders viele Hunde und Katzen, die gefüttert werden müssen?"

Ick liebe Krimis

Das örtliche Tierheim ist am anderen Ende der Stadt. Wir kommen gerade noch rechtzeitig an, bevor es schließt. Doch der Empfang ist nicht sehr herzlich. „Ihr könnt gleich nen Abjang ma-

chen“, erklärt eine Frau unfreundlich. „Und euren Hund nehmt ihr besser ooch gleich mit. Wir nehmen keene Tiere mehr uff.“
„Entschuldigung“, antwortet Hilda. „Aber wir wollen Speck überhaupt nicht abgeben.“
„Wat? Wie heeßt der? Speck?“ Sie muss lachen. „Na, dit nenn ick ma nen orjinellen Namen. Und richtig süß is der kleene Knuffel och noch.“
„Waff, wraff“, bellt Speck und wedelt mit dem Schwanz.
Die Frau streichelt ihn. „Du bist mir ja een janz Hübscher!“ Dann wendet sie sich uns zu. „Tut mir leid, wenn ick jerade etwas schroff jewesen bin, aber so ville Leute wollen ihre Tiere vor den Sommerferien wieder loswern. Dit Tierheim is doch keen Hotel, waa.“ Sie klatscht kurz in die Hände. „Also, wat kann ick für euch tun?“
„Wir ermitteln in einem Fall, in dem viele leere Dosen Tierfutter gefunden wurden.“
Die Frau rückt näher. „Wat isn dit’ für’n kuriosa Fall? Ick liebe Krimis.“

Dit vasteh ick nich

Die Schwestern erzählen kurz die üble Geschichte vom Dönerlüttchen. Die Frau fasst sich an die Stirn. „Meine Jüte, wat für ne Pfeife macht’n sowat?“
„Das versuchen wir ja gerade herauszufinden.“
Die Frau zieht eine Schnute. „Also mir is nüscht uffgefallen. Unser Futter stammt überwiejend von Spendan.“
„Und wo kommen Ihre leeren Dosen hin?“, hakt Hilda nach.
„Na, inne jelbe Tonne, janz wie sich dit jehört.“
„Können wir einen Blick drauf werfen?“, schlägt Hulda vor.
Sie lacht wieder. „Na ihr seid mir ja drei Flitzpiepen, sonst wollen alle nur unsere Katzen und Hunde ankieken, aba von mir aus.“

Wir folgen ihr zu den Müllcontainern außerhalb des Gebäudes. Gleich den ersten öffnet sie, dann die anderen. Wir schauen in die gelben Tonnen. Bis auf eine Handvoll Dosen sind sie alle leer.
„Na dit vasteh ick nich, sonst kommt de Müllabfuhr erst am Montach", wundert sich die Frau vom Tierheim.
„Die Tonnen stehen vor dem Haus. Es kann also jeder ran", halte ich fest.
„Immerhin wissen wir jetzt, woher der Täter die Dosen hat." Hulda seufzt. „Aber leider gibt es keine Spur, wer es gewesen sein könnte."
„Keene Sorje", sagt die Frau. „Ick seh doch, dass ihr jewieft seid. Ihr packt dit schon."

Bitte ein Selfie

Gegen 18 Uhr erreichen wir die Pizzeria neben dem Dönerlüttchen.
„Sieh an", ruft der Wirt, als er die Mädchen sieht. „Hilda und Hulda."
„Wart ihr schon mal hier?", raune ich den Zwillingen verwirrt zu. Sie schütteln den Kopf.
„Echte Internet-Stars bei ‚Da Luca' ", ruft der Wirt so laut, dass alle Gäste die Köpfe heben. „Ich kann es nicht glauben! Ich bin Luca. Darf ich bitte ein Selfie mit euch machen?"
Die Zwillinge lassen sich wohl oder übel darauf ein.
„Das Bild kommt später an die Wand unserer Stars!", verspricht Luca. „Dort sind alle Berühmtheiten, die jemals im ‚Da Luca' waren und ihr Mädels gehört zweifellos dazu."
Ich schaue mir die Fotos an. Es sind anscheinend viele Promis zu sehen, aber ich kenne fast niemanden. Neben der Bilderwand hängt ein weiterer Artikel aus Täglich Berlin. Darauf ist Luca mit

einer Riesenpizza zu sehen. Auch hier haben die Leser ‚Da Luca" zur besten Pizzeria gewählt.
„Ich habe euer Video über das Dönerlüttchen gesehen", erklärt Luca. „Wollt ihr jetzt auch bei mir drehen? Ihr könnt bestellen, was ihr wollt. Geht alles aufs Haus."
Der ganze Laden riecht verführerisch nach Pizza und ich merke, wie ich Hunger bekomme.
„Nein, danke", lehnt Hilda ab. „Wir sind wegen etwas anderem hier."

Ihr versteht nichts vom Geschäft

„Schade, aber wie kann Luca euch behilflich sein?"
„Es geht ums Dönerlüttchen ..."
„Oh, no no no!" Luca wirft die Arme hoch. „Eine schreckliche Geschichte. Dirk und Hamza sind meine Freunde. Ich habe ihnen damals sogar den Tipp gegeben, dass das Geschäft neben uns frei wird."
„Dann haben Sie gar nichts dagegen, dass die beiden so erfolgreich sind?"
„Ihr seid Kinder", erklärt Luca nachsichtig, „und versteht nun mal nichts vom Geschäft. Kaum jemand isst täglich Döner. Aber die Leute brauchen Abwechslung und merken sich, dass direkt nebenan ein besonders guter Italiener ist. Läuft der Laden bei Dirk und Hamza, ist das auch für mein Geschäft gut."
„Ich bin etwas ratlos", gesteht Hilda, als wir die Pizzeria verlassen.
„Ich bin auch ratlos", sagt Hulda.
„Ich bin hungrig", sage ich.

Sehr, sehr unschön

Abends liege ich nachdenklich im Bett und überlege angestrengt, was wir unternehmen können, um den Täter zu überführen. Ich gehe nochmal auf die Seite mit der Aufnahme des Müllcontainers. Inzwischen wurde das Bild 3.579 Mal geteilt.
Die unzähligen Kommentare sind so fies, dass ich mich frage, ob Dirk und Hamza jemals ihren Laden wieder öffnen können.

Kommentare:

Berti Govtz: Gut, dass der Ranzladen endlich zu hat.

Unser Vater: Das ist kein Ranzladen, sondern dort gibt es den besten Döner der Welt.

Heiko Bernstein: Wenn du sowas für das beste Essen hältst, dann ernährst du dich wohl auch zu Hause aus der Mülltonne.

Anna Kleinpolter: Wir wollen lieber mehr deutsches Essen und nicht diesen Ausländerfraß.

Opfer Welt: Man müsste ein Zeichen setzen.

Lore Lei: Fast Food macht dumm, fett und faul.

Polet Werf: Jemand sollte mal in dem Laden tüchtig aufräumen.

Maike Müller: Wie ist das gemeint?

Fanny Grill: Kleines Feuer und die Sache ist ratzfatz erledigt.

Welpe Torf: Taten statt Worte.

Es wird noch schlimmer

In der Nacht zum Samstag schlagen Unbekannte die Scheibe vom Dönerlüttchen ein und werfen einen Brandsatz hinein. Am nächsten Tag stehen die Zwillinge und ich mit Speck fassungslos vor dem Imbissladen. Innendrin ist alles schwarz und verkohlt. Es sieht richtig übel aus.

Vor der Tür sprechen Dirk und Hamza mit zwei Polizisten. Überall stehen Kameraleute von verschiedenen Fernsehsendern und filmen. Auch viele Reporter drängen sich und machen Fotos.
Als Dirk und Hamza uns entdecken, winken sie uns zu. Beide wirken überraschend gefasst. Später kommen sie zu uns rüber.
„Von Gewalt im Netz zur echten Gewalt ist es anscheinend nur ein kleiner Schritt", stellt Dirk bitter fest.
„Dann noch diese ganzen Beleidigungen", ergänzt Hamza, „weil ich Türke bin. Was soll der Schwachsinn? Ich bin Berliner!"
„Jede Form von Rassismus geht mir sowas von auf die Ketten", schimpft Dirk.
„Waff, wraff", macht Speck und ich brauche diesmal keinen Übersetzer, um zu verstehen, dass er es genauso sieht.
„Und was wollt ihr jetzt machen?", erkundigt sich Hilda.
„Renovieren, was sonst", meint Dirk. „Für die Kosten müsste unsere Versicherung aufkommen."
Dann treten zwei Reporter und eine Reporterin an die Besitzer des Dönerlüttchens heran.
„Kann ich Sie kurz sprechen?", fragt der kleine Dicke.
„Ich auch", meint der lange Schlaks. Die Reporterin nickt eifrig.

Mir geht es immer nur um die Wahrheit

„Ich bin Peter Wolf von der Täglich Berlin, erklärt der erste Reporter. „Ich hätte da ein paar Fragen."
„Ich auch", setzt die Frau rasch hinzu. „Roswitha Schönbrunn vom Berliner Blatt."
„Hallo? Ich war zuerst da", regt sich der Dicke auf. „Mein Name ist Hasso Randt von der BLOCK."
„BLOCK?", wiederholt Dirk ungläubig. „Und dann traust du dich noch hierher?"

„Wieso?“, wundert sich Randt. „Das hier ist ein freies Land mit einer freien Presse. Unsere Leser interessieren sich sehr für …“

„Verschwinde auf der Stelle“, fällt Hamza ihm ins Wort.

Randt schaut verwundert. „Warum? Sie können mir doch Ihre Sicht der Dinge schildern. Mir geht es immer nur um die Wahrheit.“

„Das hätten Sie ja vorher klären können“, schreit ihn Dirk an, „bevor sie uns als ‚widerlichste Imbissbutze‘ und unsere Speisen als ‚Ekelfraß‘ bezeichnet haben.“

„Also bitte“, entrüstet sich Randt. „Finden Sie etwa Hundefutter lecker?“

Dirk geht einen Schritt auf den Reporter zu, aber Hamza hält ihn zurück. „Ohne dein Geschreibsel wäre es nie so weit gekommen. Du trägst auch die Verantwortung dafür, dass unser Laden abgefackelt wurde!“

„Ich?“ Randt klingt empört. „Ich habe schließlich kein Feuer gelegt, sondern nur meinen Job gemacht.“

Und dann entdeckt er die Zwillinge. „Seid ihr nicht diese berühmten Mädels, die diesen Laden auch noch empfohlen haben? Darf ich ein Foto von euch machen?“

„Sind wir“, antwortet Hilda verärgert. „Und nein, dürfen Sie nicht!“

„Aber ihr seid doch besonders goldig. Unsere Leser lieben hübsche YouTube-Stars.“

„Waff, wraff“, macht Speck. Anscheinend hat er ein sehr feines Gespür für Menschen, die es nicht gut mit anderen meinen.

Was ist Wahrheit?

„Vielleicht können wir Sie ja etwas zur Abwechslung fragen", meint Hulda. „Wie sind sie eigentlich so schnell an den looklook-Eintrag gekommen?"

Randt lacht. „Gar nicht. Es wurde uns zugeschickt."

„Von wem?", fragt Hilda.

„Kam anonym."

„Und haben Sie das überprüft", möchte Hulda wissen, „bevor Sie die Story auf die Titelseite gepackt haben?"

„Na klar! Ich bin sofort hierher gedüst, um ein Foto vom Müllcontainer zu machen. Es sah genau wie auf dem Posting aus. Glaubt mir, Mädels, ich nehme es mit der Wahrheit sehr ernst."

„Was ist denn für Sie die Wahrheit?", will Hilda wissen,

„Ganz einfach", erklärt Randt, „Wahr ist immer das, was man glaubt."

Hilda schüttelt ungläubig den Kopf. „Schwachsinn."

„Da muss ich dir zustimmen", meint nun die Reporterin.

„Wieso stimmen Sie Hilda zu?", wundert sich Hulda. „Sie haben doch selbst die Informationen aus der BLOCK verwendet."

„Das ist nichts Ungewöhnliches", erklärt Peter Wolf. „Auch wir greifen öfter Artikel aus anderen Zeitungen auf. Aber wir haben nichts behauptet, sondern gefragt. Bei uns stand hinter der Überschrift ein Fragezeichen."

„Wow!", ruft Hilda höhnisch. „Das macht die Sache natürlich gleich viel besser."

„Naja", räumt Roswitha Schönborn ein. „Wir halten das eben so. Aber das ist auch unsere Pflicht, sonst fragen sich unsere Leser, warum ausgerechnet wir das Thema nicht aufgegriffen haben."

„Ihr schimpft immer alle auf die BLOCK und seht auf uns herab“, zetert Hasso Randt und stampft auf. „Aber dann schreibt ihr doch alle bei uns ab.“
„Das Beste wäre“, meint Hamza, „wenn Sie sich jetzt alle drei sofort vom Acker machen!“
Randt lacht. „Und wenn nicht?“
Hilda zeigt auf Speck. „Unser Hund ist ein echter Wadenbeißer.“

Was haben wir bloß übersehen?

„Es ist zum Heulen!“, meint Hulda auf dem Hausboot. „Wir kommen keinen Schritt voran. Es ist wirklich zu vertrackt.“
„Lasst uns doch mal das Wichtigste zusammenfassen“, schlage ich vor. „Jemand, der sich Opfer Welt nennt, hat unzählige Dosen aus dem Tierheim geholt und dann das Foto geschossen.“
„Anschließend“, fährt Hilda fort, „setzte er es mit dem fiesen Spruch bei looklook rein.“
„Und schickt das auch noch an Hasso Randt“, ergänzt Hulda. „Der Täter legte also größten Wert drauf, dass diese Fake-Nachricht ein möglichst großes Publikum erreicht.“
„Hm“, mache ich. „Und was ist, wenn sich das alles dieser Hasso Randt ausgedacht hat, nur um seine schöne Titelgeschichte zu bekommen?“
„Den Gedanken hatte ich auch schon“, bekennt Hilda. „Aber würde ein Reporter wirklich so weit gehen?“
„Und was ist mit dem Feuer?“, fragt Hulda. „Kann das auch Opfer Welt gewesen sein?“
„Möglich“, meint Hilda. „Aber es könnte auch tatsächlich jemand aus looklook den Vorschlag ernst genommen und in die Tat umgesetzt haben.“
„Waff, wraff“, macht Speck.

„Richtig“, sagt Hilda. „Wir müssen unsere Hausaufgaben machen.“
Ich bin entsetzt. „Am Samstag? Wir haben doch gar nichts auf.“
„Dummerchen.“ Hulda lacht und streicht mir sanft über die Wange. „Wir meinen doch den Fall.“
Ich merke, wie mir die Berührung gefällt und ich rot werde.

Mir rauscht der Schädel

Der Auftrag ist klar: Wir schauen uns erst die looklook-Profile von Hasso Randt an. Der Reporter postet nur private Bilder aus dem Urlaub.
„Er verdient anscheinend wirklich gut, denn es sind viele Fotos von Luxushotels in der Karibik dabei“, stellt Hilda fest.
Bei Peter Wolf ist es schon schwieriger, denn es gibt sehr viele Leute mit diesem Namen. Als wir schließlich den Reporter finden, entdecken wir zwei Restauranttipps: „Da Luca“ und „Fleischerei Müller“.
„Das ist nicht weiter verwunderlich“, sagt Hulda, „weil die Auszeichnungen in beiden Läden auch von Täglich Berlin stammen.
Zuletzt werfen wir einen Blick auf die Profilseite von Roswitha Schönbrunn. Viel gibt es dort allerdings nichts zu entdecken. Die Reporterin postet fast nur Gartenbilder. Auch über Luca von der Pizzeria finden wir nichts Verdächtiges. Und der Metzger Müller ist nicht auf looklook. Zumindest nicht unter seinem Echtnamen. Es wie verhext!
„Dann schauen wir uns jetzt nochmal alle Kommentare bei Opfer Welt an“, beschließt Hilda.
„Das sind aber wirklich sehr viele!“, merke ich an.
„Ich weiß“, stöhnt Hilda. „Aber wir müssen sehr aufmerksam schauen, ob uns etwas auffällt.“

So viele Fotos, so viele Namen, so viele Kommentare. Nach einer Stunde rauscht mir der Schädel.

„Ich glaube, ich habe was gefunden“, meint Hilda.

Sofort springen Hulda und ich auf.

„Immer, wenn Opfer Welt etwas schreibt, dann reagiert auch ‚Welpe Torf‘ direkt darauf, oder ein ‚Polet Werf‘.“

„Ja, und?“, frage ich.

„Oh Mann“, ruft Hilda. „Wie konnten wir das übersehen?“

„Was denn?“, frage ich. „Außer dass es saublöde Namen sind, kann ich nichts erkennen.“

„Waff, wraff“, macht Speck.

„Seit wann kannst du denn lesen?“, frage ich eingeschnappt.

NetzKrimi-Aufgaben

1. **Wer steckt hinter dem geposteten Foto? Und womit hat sich die Person verraten?**
2. **Finde in den Wörtern mindestens fünf versteckte Schmuckbegriffe!** Zum Beispiel: Goldrichtig.
3. **Welche drei Fehler haben sich eingeschlichen?**

Auflösung auf S. 115

Dritter Fall: Lug und Trug mit Geisterspuk***

Trixi glaubt an Geister. Bei jeder Gelegenheit erzählt sie davon. Ganz gleich, ob es jemand hören möchte oder nicht. Jetzt zum Beispiel an unserem Tisch in der Mensa der Papert-Gesamtschule.
„Wer um Mitternacht an der alten Eiche vorbeigeht“, beginnt sie leise, „hört ein langes Stöhnen und sanftes Wimmern.“
Die Eiche steht mitten im öffentlichen Schlosspark und soll über 400 Jahre alt sein. Unsere Lehrerin Frau Kastinaki hatte uns auch von den Geistergeschichten um den Baum erzählt, als wir mal bei einem Schulausflug dort waren. Aber den Spuk hat natürlich niemand sonderlich ernst genommen. Niemand außer Flocki.
Er sitzt zwischen Hilda und Hulda und bekommt sofort das Flattern. Flocki ist mein bester Freund, nur leider auch ein fürchterlicher Schisser.
„S-so ein Quatsch. Geister gibt es nicht!“, erklärt Flocki.
Trixi winkt ab. „Ach, Flocki, das behauptest du doch bloß, weil du ein alter Angsthase bist.“ Sie beugt sich über den Tisch und flüstert verschwörerisch: „Ich habe das unheimliche Wehklagen schon oft selbst gehört. Und Stimmen! Ich schwöre euch, es war wirklich … gespenstisch!“
Sonst ist Trixi zu uns allen in der Klasse immer so ein bisschen hochnäsig. Aber vielleicht wäre ich das ja auch, wenn ich Beatrix Cybil Aurelia Hortensie Wilhelmine von und zu Donnerbüx heißen und in einem vornehmen Schloss leben würde. Der alte Kasten am anderen Ende des Schlossparks ist nicht zu übersehen.

„Nimm es mir nicht übel, Trixi“, meint Hilda und schiebt lustlos mit der Gabel das Essen auf dem Teller hin und her, „aber das ist doch nur ein altes Schauermärchen.“
„Und wozu überhaupt“, hakt Hulda nach, „willst du denn um Mitternacht bei der Eiche gewesen sein?“

Eine unheimliche Einladung

„Ganz einfach. Wegen einer Mutprobe. Unter Freunden!“, antwortet Trixi, die einfach nie um eine Ausrede verlegen zu sein scheint.
„Ist klar“, sage ich grinsend.
„Ach! Ihr glaubt mir wohl nicht?“, ruft Trixi entrüstet. „Dann kommt mich doch alle am Wochenende besuchen. Kurz vor Mitternacht gehen wir zur alten Eiche rüber. Überzeugt euch einfach selbst oder dreht dort eines eurer berühmten Videos.“
Hilda zieht eine Schnute. „Hmm, eigentlich keine schlechte Idee. Nachts am Gruselbaum – das gibt sicher jede Menge Klicks.“
„Stimmt, sowas hatten wir noch nicht.“ Hulda zeigt auf ihren Teller. „Und viel gruseliger als dieses ungenießbare Gummi-Gulasch kann es eigentlich auch nicht sein.“
„Ihr dürft auch gerne bei uns im Schloss übernachten“, schlägt Trixi vor. „Platz gibt es jedenfalls mehr als genug.“ Herausfordernd schaut sie uns an. „Also, falls ihr euch traut. Denn im alten Gemäuer spukt es ebenfalls. Von Zeit zu Zeit, besonders nachts.“
Hilda lacht Trixi an. „Warum nicht? Ich habe noch nie in einem echten Schloss geschlafen. Mir machst du jedenfalls keine Angst.“ Dann wendet sie sich an mich. „Bist du dabei, Friedo?“
„Würde ich euch als Kameramann jemals im Stich lassen?“, frage ich. „Das wird bestimmt lustig.“

„Und was ist mit dir, Flocki?“, fragt Trixi. „Du bist selbstverständlich auch eingeladen.“
Flocki wird ganz blass. „O-okay“, antwortet er schließlich. „A-aber nur, um zu beweisen, dass es gar keine Geister gibt.“
Trixi steht auf, schnappt sich ihr Tablett und grinst. „Na dann, viel Glück, Flocki. Du wirst es brauchen!“

Mit Rucksack und Taschenlampe

Am Freitag machen wir uns am späten Nachmittag mit unseren Rucksäcken bei bestem Wetter auf den Weg zum Park. Ich habe nicht nur Schlafanzug und Zahnbürste dabei, sondern auch meine stärkste Taschenlampe. Ich bin nun mal gerne gut vorbereitet, wenn es auf Geisterjagd gehen soll.
Wir suchen zunächst die alte Eiche am anderen Ende des Parks auf. Mit der wahnsinnig hohen Krone und dem unglaublich umfangreichen Stamm ist die Eiche schon sehr beeindruckend. Darunter stehen ein paar Umweltschützer von GRÜNBEREICH mit Tischen und Plakaten. Sie verteilen gerade Flugblätter. Ihr Logo ist eine Abbildung der alten Eiche.
„Würdet ihr auch unterschreiben?“, fragt ein junger Mann mit einem Klemmbrett mit einer Unterschriftenliste. Auf seinem Arm ist das Muster einer Schlangenhaut tätowiert.
„Um was geht es denn?“, will Hilda wissen.
„Um den Klimawandel“, antwortet das Mädchen mit der Nickelbrille neben ihm. „Wir wollen, dass die Regierung den CO_2-Ausstoß stärker verringert.“
Wir kommen mit den beiden ins Gespräch und erfahren, dass sie Melinda und Anton heißen. Außer mir bekommt anscheinend keiner mit, dass Speck gerade an die 400 Jahre alte Eiche pinkelt. Nur Melinda stutzt. „Nanu? Was ist denn mit dem los?“

Sie meint allerdings Flocki, der aus sicherer Entfernung den Baum ängstlich betrachtet und nervös an den Nägeln kaut. Er sieht tatsächlich ein bisschen irre aus.
„Ach", versuche ich, sie zu beschwichtigen. „Das ist nur mein Freund, der sich Sorgen wegen der Eiche macht."
Melinda lacht Flocki freundlich an. „Hab' keine Angst, der Borkenkäfer befällt nur kranke Bäume."
Flocki wagt sich ein paar Schritte vor. „Das ist es nicht. Eine Mitschülerin hat erzählt, dass um Mitternacht Stimmen aus dem Baum zu hören sind. Aber das ist sicher nur Quatsch, das ist sogar ganz s-sicher nur Quatsch."
„Kennt ihr denn die Geschichte von der alten Eiche?", fragt Anton.
Wir schütteln die Köpfe. „Nicht genau", meint Hilda.
„Es heißt, vor über hundert Jahren wären hier drei Kinder verschwunden. Angeblich sind sie auf den Baum geklettert. Danach hat man sie nie wieder gesehen."
„Kann ich vielleicht nochmal euer Flugblatt sehen?", versuche ich, das Thema zu wechseln. Denn ich befürchte, dass Flocki gleich durchdreht.
Aber Anton kommt gerade erst in Fahrt. „Es heißt auch, dass die alte Eiche innen vollkommen hohl sei. Vermutlich sind damals die Kinder beim Spielen ins Innere eingebrochen und haben sich nicht mehr befreien können. Zwar hörten Passanten ihre verzweifelten Hilferufe, aber sie dachten, die Eiche wäre verhext."
Nicht nur mir läuft ein kalter Schauer über den Rücken, auch den Zwillingen steht der Mund offen. Allerdings hat keiner von uns gewusst, wie schnell Flocki davonrennen kann. Speck nimmt fröhlich seine Verfolgung auf.

Wir haben Sturm

Trixi begrüßt uns gutgelaunt auf der steinernen Eingangstreppe des Schlosses. „Schön, dass ihr da seid.“ Dann zwinkert sie uns zu. „Wir haben heute Sturm.“
„S-sturm? W-was denn für einen Sturm?“, fragt Flocki verunsichert. Ich habe ihn mit großer Mühe einholen können und allerhand Überzeugungsarbeit leisten müssen, damit er uns doch noch begleitet.
Trixi lacht. „Sturmfrei. Meine Mutter ist übers Wochenende weggefahren. Wir haben die ganze Bude für uns allein.“
Auf dem Weg durchs Schloss gibt uns Trixi eine kleine Führung. Das Erdgeschoss besteht allerdings aus einer staubigen Baustelle mit Gerüsten aus Metall. Doch der erste Stock ist deutlich besser in Schuss. Überall stehen antike Möbel mit Verzierungen aus Gold und kostbare Vasen herum. An den Wänden hängen riesige Ölschinken mit den Ahnen der von und zu Donnerbüx.
Hilda und Hulda erhalten ein schönes Zimmer mit einem rosa Himmelbett, während Flocki und ich gemeinsam eine Kammer mit zwei knarrenden Betten bekommen. Strom und Licht gibt es nicht, sondern nur einen Kerzenleuchter. Na toll, und wie soll ich mein Handy aufladen?
Ich weiß schon jetzt, dass Flocki kein Auge zukriegen wird. Möglicherweise könnte das mit der unheimlichen Ritterrüstung zu tun haben, die an der Wand steht.

Ein wahres Festmahl im Speisesaal

Trixi hat uns zum Abendessen eingeladen. In der Mitte des Speisesaals steht ein langer Tisch mit Stühlen für etwa 20 Personen. Von der Decke mit Stuckverzierung hängt ein riesiger Kron-

leuchter herab und im Kamin knistert ein Feuer. Gerade schiebt ein Butler im schwarzen Smoking einen Servierwagen herein.
„Das ist Olaf“, stellt Trixi ihn vor. „Olaf arbeitet schon sehr lange für unsere Familie und kümmert sich um alles. Er ist Diener, Koch, Chauffeur, Hausmeister und Gärtner – alles in einer Person.“
Ich bin gespannt, was es zu essen gibt. Doch als der Butler den großen Silberdeckel anhebt, liegen darunter zu meiner Überraschung fünf gestapelte Pappdeckel.
„Ich habe uns einfach mal Pizza bestellt“, erklärt Trixi fröhlich.
Während des Essens ist Trixi richtig nett zu uns. Selbst gegenüber Flocki fallen keine gehässigen Bemerkungen. Trotzdem sitzt er bleich am Tisch und knabbert nervös mit kleinen Mäusebissen an seinem Pizzadreieck herum.
Als es draußen dunkel wird, lümmeln wir alle auf dem Teppich vor dem Kamin herum. Speck hat sich zusammengerollt. Einen Moment befürchte ich, dass jetzt der richtige Zeitpunkt für Geistergeschichten gekommen sein könnte. Aber wir unterhalten uns angeregt mit Trixi und staunen. Sie ist ganz anders als in der Schule.
Wie geplant verlassen wir kurz vor Mitternacht das Schloss und erreichen mit unseren Taschenlampen die Eiche.

Schlag Mitternacht

Im Dunkeln sieht die alte Eiche sehr gruselig aus. Die Äste hängen wie lange Arme herab, als ob sie nach uns greifen wollen. Rauschend fährt der Wind durch die Blätter.
Mir wird ein wenig mulmig zumute. Vor allem, als Punkt Mitternacht aus der Ferne eine Kirchturmglocke erklingt. Wir klammern uns an unsere Taschenlampen und schauen beklommen. Nachdem der letzte Glockenschlag verklungen ist, bleibt es to-

tenstill. Außer dem ständigen Rauschen der Blätter ist nichts zu hören.

Kein Heulen, kein Klagen, kein Wimmern. Warum überrascht mich das nicht?

Meine Kamera läuft die ganze Zeit im Dunkeln, aber es passiert – nichts. Absolut nichts.

Da ertönt ein heiseres Geräusch. Ein kratziges Schleifen. Ein quälendes Quietschen. Wir schauen uns erschrocken an. Das Geräusch wird lauter. Dann hören wir noch ein langes Knirschen. Hilda und Hulda strahlen mutig mit ihrer Taschenlampe die Äste der Eiche ab, können aber nichts entdecken.

Zum Glück ist es nur ein Radfahrer, der ohne Licht durch den Park fährt.

„Passiert eigentlich noch was?“, will Hilda wissen.

Trixi ist untröstlich. „Ich verstehe das auch nicht.“

„Vielleicht haben ja die Geister heute frei“, witzle ich.

„Waff, wraff", macht Speck.
„Du hast recht", meint Hulda gefrustet. „Was für eine Pleite."
Erst als wir nach einer weiteren Viertelstunde zum Schloss zurückkehren, bemerken wir, dass Flocki verschwunden ist.

Sicher gibt es eine natürliche Erklärung

Um Flocki müssen wir uns zum Glück keine Sorgen machen. Er hat mir gerade eine Nachricht auf mein Handy geschickt, die ich den Zwillingen und Trixi vorlese.

~ Flocki
Bin schon nach Hause, weil ich vergessen habe, meine Goldfische zu füttern.

„Jetzt tut es mir schon sehr leid, dass ich Flocki so gepiesackt habe", gesteht Trixi. „Und blamiert habe ich mich vor euch auch noch. Bestimmt glaubt ihr mir kein Wort mehr."
„Ach was", winkt Hulda ab. „Du hast sicher etwas gehört. Meistens gibt es für solche Dinge eine ganz natürliche Erklärung. Etwa, wenn der Wind über Bäume oder Astlöcher streift."
„Aber es gab doch Wind", beharrt Trixi geknickt.
„Das war nur eine leichte Brise und vielleicht nicht stark genug", tröstet sie Hilda. Wir gehen schlafen und sind alle ein bisschen enttäuscht, aber auch ein bisschen erleichtert.

Nachts in der Kammer

Eine Weile bleibe ich noch wach. Dann wünsche ich dem Ritter eine gute Nacht und blase die Kerzen aus. Der Geruch nach erloschenen Kerzen und Wachs breitet sich aus. Meine Augen gewöhnen sich ein wenig an die Finsternis und ich erkenne die

Umrisse der Möbel und der Ritterrüstung. Plötzlich flammen die Kerzen auf dem Leuchter wieder auf. Einfach so. Das ist eigentlich überhaupt nicht möglich.
„Du bist vermutlich kurz eingeschlafen", versuche ich mich zu beruhigen, „und hast das mit den Kerzen ausblasen nur geträumt."
Jetzt muss ich mir das nur noch glauben. Ich spucke auf Daumen und Zeigefinger und drücke die Flammen aus. Blöde Idee, denn nun ist es stockfinster. Ich atme tief durch. Vielleicht war heute alles ein bisschen viel Aufregung. Erschöpft schließe ich die Augen. Als ich sie nach wenigen Sekunden wieder aufschlage, züngeln die Flammen der Kerzen erneut auf dem Leuchter.

Schock am Morgen

Am nächsten Morgen bin ich völlig gerädert. Ich habe kaum geschlafen und die halbe Nacht vor Angst nur meine Taschenlampe festgehalten. Ich sehe Hilda und Hulda im Flur deutlich an, dass auch sie durch den Wind sind. Ich erzähle von den Kerzen und befürchte schon, dass sie mich auslachen.
„Bei uns war auch etwas Seltsames", gesteht Hulda. „Wir haben zwar nichts gesehen, aber es roch nach Lavendel und fühlte sich die ganze Zeit so an, als wäre noch jemand im Zimmer. Jemand Unsichtbares. Ich klinge wie ein Dummkopf, das ist mir klar."
„Speck hat es aber auch bemerkt", meint Hilda. „Er hat die ganze Zeit geknurrt und ist so komisch in die Luft gesprungen."
„Vielleicht hat Trixi doch Recht", sage ich. „Und es spukt tatsächlich im Schloss. Wo steckt sie eigentlich?"
Wir finden unsere Klassenkameradin im Speisesaal. Gedankenversunken steht sie am Fenster und dreht sich erst um, als sie hinter sich Specks trippelnde Schritte auf dem Parkettboden hört. „Da draußen scheint etwas passiert zu sein", murmelt sie.

In der Ferne erkennen wir ein Blaulicht.
„Waff, wraff", macht Speck.
„Speck hat recht. Lasst uns besser nachsehen", beschließt Hilda.
Wir durcheilen den Schlosspark und sehen am anderen Ende tatsächlich etwas Grauenvolles: Jemand hat in der Nacht die 400 Jahre alte Eiche gefällt.

Das Werk von Profis

Es ist ein schrecklicher Anblick, der uns allen das Herz zuschnürt. Die mächtige Eiche liegt quer auf dem Boden. Wegen der ausladenden Äste laufen wir im großen Bogen drum herum. Dann entdecken wir den Wagen der Polizei mit dem Blaulicht. Zwei Polizistinnen unterhalten sich mit einer Gruppe Umweltschützer von GRÜNBEREICH. Alle sind total erschüttert, halten sich in den Armen und sprechen sich Trost zu.
„Wer um alles in der Welt fällt einen 400 Jahre alten Baum?", fragt Melinda die Polizistin. Als ich sehe, dass sie weint, spüre auch ich die Tränen in mir hochsteigen. Auch Trixi und die Zwillinge haben feuchte Augen und Speck jault.
„Das ist das Schrecklichste, was ich je gesehen habe", erklärt Anton, der plötzlich neben uns steht.
„Das muss das Werk von Profis sein", stellt Hilda ernst fest. Sie zeigt auf den verbliebenen Baumstumpf. „Der Stamm wurde schräg angesägt, damit die Eiche gezielt in eine Richtung kippt."
„Wer macht sowas?", fragt Trixi.
„Wenn es nach den Meinungen aus dem Internet geht", meint Anton bitter, „waren wir es von GRÜNBEREICH selbst." Er hält uns sein Smartphone hin.
Auf der looklook-Seite von „Klimawandel-nicht-real" hetzen die Leute gegen die Umweltschützer.

Die wollen sich nur wichtigmachen

Bille Bux: Immer müssen die sich wichtigmachen!

Der Berliner: Genau! Alles Wichtigtuer! Würde mich nicht wundern, wenn sie selbst den Baum gefällt hätten, um noch mehr auf sich aufmerksam zu machen.

Hänschen Groß: Wir pfeifen auf den Klimawandel und kaufen uns einen Wintermantel.

Lulo Lolu: Ihr Baumtöter, schämt euch.

Franzi Kanzi: Ich suche ein leckeres Kohlrouladen-Rezept. Danke!

Die Königin: Es ist doch bekannt, wie rabiat und radikal die Leute von GRÜNBEREICH sind.

Ottfried Biermichl: Die haben bestimmt noch mehr (L)Eichen im Keller!"

„Kommando Grünes Schwarz“

„Das sind alles Leute, die den Klimawandel leugnen“, sagt Melinda, die inzwischen zu uns rübergekommen ist. „Die waren auch schon öfter hier an unserem Stand, haben uns angepöbelt und dann Fotos von uns auf ihrer „Klimawandel-nicht-real“-Seite von looklook gepostet. Vor allem auf Anton haben sie herumgehackt und Lügengeschichten über ihn erzählt.“

„Was denn zum Beispiel?“, fragt Hilda.

Anton schnauft genervt. „Ich würde zu einer geheimen und gewalttätigen Gruppe namens Kommando Grünes Schwarz gehören, und mein Schlangenhaut-Tattoo wäre angeblich unser Erkennungszeichen.“

„Totaler Schwachsinn“, meint Melinda. „Die ziehen uns ganz bewusst durch den Dreck. Denen traue ich wirklich alles zu!“

Wir schauen auf den dicken Querschnitt der Eiche mit den Jahresringen.
Melinda schüttelt den Kopf. „Was für eine Schande, jeder kann sehen, dass die alte Eiche vollkommen gesund war."
„Und hohl ist sie auch nicht", stelle ich fest. „Damit wäre jetzt bewiesen, dass die Gruselgeschichte von den verschwundenen Kindern nur ein blödes Märchen ist."
Trotzdem höre ich es deutlich von allen Seiten.
Ein Heulen, ein Klagen, ein Wimmern.

Ein neuer Fall für Hilda und Hulda

„Waff, wraff", bellt Speck.
„Das musst du uns nicht sagen", antwortet Hilda. „Natürlich kümmern wir uns darum."
„Gehen wir logisch vor", schlägt Hulda vor. „Wer hat einen Nutzen davon, dass die alte Eiche gefällt wurde?"
„Vielleicht jemand", meint Hilda, „der die Umweltschützer in Verruf bringen will."
„Die wären doch auch völlig bescheuert", finde ich, „wenn die zerstören würden, was sie eigentlich schützen möchten."
„Einige von GRÜNBEREICH sind aber auch echt aggressiv", mischt sich Trixi ein. „Sie haben sich auch schon mit meiner Mutter angelegt und bei uns immer wieder die Außenwände des Schlosses beschmiert."
„Was haben sie gegen deine Mutter?", will Hulda wissen.
Trixi zuckt mit den Schultern. „Manche Menschen hassen einfach den Adel."
„Wollen wir nicht mal diesen Klimagegnern einen Besuch abstatten?", schlägt Hulda vor. „Auf deren looklook-Seite gibt es sicher ein Impressum mit ihrer Adresse."

„Kommt ihr danach wieder zurück?“, erkundigt sich Trixi. „Ich möchte heute nur ungern alleine im Schloss bleiben. Wer weiß, was die Täter als Nächstes planen. Ihr könnt gerne noch eine Nacht bleiben.“ Die Zwillinge und ich schauen uns kurz an. Noch so eine schlaflose Nacht?
„Na klar“, verspricht Hulda dann doch.

Denkt doch nur an die Eiszeit

Ein gewisse Henriette Heckmann haben wir in Charlottenburg als Betreiberin der looklook-Seite „Klimawandel-nicht-real“ ausgemacht. Dummerweise öffnet niemand in dem Einfamilienhaus. Eine Weile stehen wir ratlos herum, als ein fetter Porsche SUV direkt vor uns parkt. Mühsam steigt eine dicke Frau aus dem Wagen und mustert uns misstrauisch.
„Sind Sie Frau Heckmann?“, fragt Hilda.
Sie nickt. „Was wollt ihr denn?“
„Wir sind Detektive und hätten ein paar Fragen“, antwortet Hulda.
„Kein Problem, Kinder, aber helft mir doch bitte zuerst, meine Einkäufe reinzubringen. Ich komme gerade aus dem Bioladen.“
Na super, jetzt sollen wir auch noch für Klimaleugner arbeiten. Aber weil wir mehr erfahren wollen, schnappen wir uns wohl oder übel ein paar prall gefüllte Stoffbeutel und folgen ihr.
„Wollt ihr vielleicht was trinken?“, fragt sie freundlich, während sie auspackt und stöhnend die Sachen im Kühlschrank und in der Vorratskammer verwahrt. „Ich habe auch frischen Kuchen. Na, was sagt ihr?“
Bevor wir noch antworten können, stellt sie schon einen Teller mit gestreuseltem Butterkuchen und eine Flasche Wasser mit Gläsern auf den Tisch.

Mir ist es super unangenehm, dass eine Person, die eine solche Seite betreibt, so nett zu uns ist.
Hilda greift sich ein Stück Kuchen und fällt gleich mit der Tür ins Haus. „Wieso leugnen Sie eigentlich den Klimawandel?“, fragt sie mit vollem Mund.
„Ich?“ Frau Heckmann lacht ein wenig überrascht. „Ich leugne den doch gar nicht. Den Klimawandel hat es immer gegeben. Denkt nur an die Eiszeit.“
„Aber sie betreiben doch die Seite „Klimawandel-nicht-real?“, hakt Hulda nach.
„Ja, schon“, sagt die Heckmann. „Es sollte aber „Menschengemachter-Klimawandel-nicht-real“ heißen, doch das war zu lang. Also: Natürlich gibt es den Klimawandel. Aber ich glaube eben nur nicht, dass er von Menschen herbeigeführt wird.“
„Da ist aber die Wissenschaft ganz anderer Meinung“, antwortet Hulda. „Sicher, den Klimawandel mag es immer gegeben haben, aber die Menschheit verstärkt ihn durch den CO_2-Ausstoß und viele andere Umweltsünden.“

Darüber wollt ihr mit mir reden?

Frau Heckmann schaut verblüfft. „Darüber wolltet ihr mit mir reden? Ich dachte, ihr seid Detektive. Wartet, ich hole die Sprühsahne. Dann schmeckt's noch besser.“
„Eigentlich möchten wir nur herausfinden, wer heute Nacht die alte Eiche im Schlosspark gefällt hat“, meint Hilda.
„Ach ja, die Eiche“, sagt die Frau traurig. „Schrecklich. Ich habe im Radio davon gehört. Ein Trauerspiel ist das. Wer macht sowas?“
„Das fragen wir uns auch“, sagt Hulda. „Auf Ihrer looklook-Seite schreiben Ihre Follower, dass es die Umweltschützer selbst waren.“

„Also, wundern würde mich das nicht", meint Frau Heckmann verächtlich. „Die nehmen sich viel zu wichtig. Nur wenn sie übertreiben, werden sie in der Öffentlichkeit wahrgenommen."
„Oder jemand schiebt es den Umweltschützern in die Schuhe", widerspricht Hilda.
„Ach!" Frau Heckmann stöhnt. „Und da glaubt ihr, dass die Besucher meiner Seite dahinterstecken? Also, Kinder, wir müssen ja nicht wegen des Klimawandels einer Meinung sein, aber keiner von uns würde vorsätzlich die Natur ruinieren. Wir sind doch keine Unmenschen. Bäume bedeuten Leben!" Sie lacht. „Habt ihr vielleicht noch Lust auf Vanilleeis?"
„Waff, wraff", macht Speck.
Na klar, Hundchen, am besten noch mit heißen Himbeeren?

Der Mann ist extrem brutal

Auf dem Rückweg zum Schloss schreibe ich meiner Mutter ein paar Zeilen, dass ich eine weitere Nacht mit den Zwillingen in Trixis Schloss übernachte. Es ist ja Samstag. Anschließend halte ich Flocki auf dem Laufenden. Er antwortet mit einem Link.
„Vielleicht haben die von GRÜNBEREICH doch mehr damit zu tun", sage ich zu den Schwestern.
„Ach ja?" Hilda verdreht die Augen. „Und woran machst du Spürnase das fest?"
„Daran!", sage ich und halte ihr den Artikel aus der BLOCK-Zeitung online hin, den mir gerade Flocki aufs Handy geschickt hat.

Block News Online-Ausgabe

AKTUELLES FORUM KONTAKT IMPRESSUM

GEFÄLLTE EICHE: ZWEIMANNSÄGE BEI REBELLISCHEM UMWELTSCHÜTZER GEFUNDEN

Wer sind die Helfer?
Anton H. gehört zu einer Gruppe von Umweltaktivisten, die sich Kommando Schwarzes Grün nennen und sich besonders kämpferisch für die Natur einsetzen. Ihr Erkennungszeichen ist ein Schlangenhautmuster auf dem rechten Arm. Sie sollen schon mehrere Straftaten begangen haben. Darunter Einbruch in einer Hühnerfarm, um die angeblich schlimmen Zustände zu filmen.
Ein Zeuge, der nicht genannt werden möchte, sagt, dass Anton H. extrem brutal und rücksichtlos sei. Gesucht wird jetzt nach einem Mittäter oder einer Mittäterin.

Hulda zeigt erschrocken auf das Foto. „Das ist ja unser Anton! Ist er verhaftet?“
Ich habe keine Ahnung. „Das steht da nicht.“

Das war Mord

Im Schloss treffen wir auf Trixi und ihre Mutter. Sie trägt ein elegantes Kostüm und sehr viel Schmuck. Ihre Tochter stellt uns vor. „Herrlich, dass Beatrix Cybil mal Freunde in das ehrwürdige Gemäuer mitbringt“, erklärt sie. „Mein Name ist Klothilde Baerwilda Rehäuglein Fuchsiana von und zu Donnerbüx.“
Baerwilda? Fuchsiana?
„Jaja, ich weiß.“ Trixis Mutter senkt ein wenig beschämt den Kopf. „Mein Vater war begeisterter Jäger. Es reicht aber vollkommen aus, wenn ihr einfach nur ‚gnädige Freifrau von und zu

Donnerbüx' zu mir sagt. Es tut mir nur so leid, dass die Umstände unseres Kennenlernens so unglücklich verlaufen. Nachdem ich in den Nachrichten von der Eiche gehört habe, bin ich sofort zurückgekehrt." Sie seufzt lange. „Die gute, alte Eiche. Ihr Anblick war mir über die Jahrzehnte so sehr ans Herz gewachsen."
Diener Olaf betritt den Raum mit einer goldenen Teekanne auf einem Tablett. Er gießt eine Tasse ein und reicht sie der Freifrau. Wir erzählen vom Online-Artikel über Anton und die Umweltschützer in der BLOCK-Zeitung.
„Unmöglich", erklärt die Freifrau und stellt ihre Kaffeetasse ab. „Sicher, ich hatte hin und wieder schon meinen Ärger mit diesen jungen Leuten. Und ja, der Erhalt der Natur ist ihnen äußerst wichtig. Aber ich frage euch: mir etwa nicht? Immer denken diese Grünlinge, dass nur sie ganz alleine im Recht sind."
„Also glauben Sie auch, dass die Umweltschützer die Eiche gefällt haben?", hakt Hilda nach.
Die Freifrau schüttelt den Kopf. „Nein, nein, nein. Das traue ich ihnen nicht zu. Das war Mord. Baummord!"

Kleine Schlossgeschichte

„Haben Sie vielleicht sonst einen Verdacht?", hakt Hulda nach. Nachdenklich reibt sich Trixis Mutter das Kinn. „Nun, mir fällt bloß dieser schreckliche Nörgler ein: Dr. Ignazius Schnuddepick. Der Mann ist völlig unmöglich. Stellt euch vor, er hat mich verklagt, weil er im Herbst auf dem nassen Laub der Eiche ausgerutscht war und sich dabei ein Bein gebrochen hatte. Bloß habe ich mit dem Park gar nichts zu tun. Der Park ist Sache der Stadt. Ich bin nur für das Schloss zuständig."
„Wieso das?", wundert sich Hulda. „Ich dachte, Park und Schloss gehören zusammen."

„Ach, ihr jungen Menschen seid so herrlich blauäugig", ruft die Freifrau aus. „Vor dem Krieg hatte dieses Schloss viele Jahrhunderte lang zum Besitz unserer Familie gehört. Zu DDR-Zeiten wurden wir jedoch enteignet und das Haus zu einer Schule für begabte Kinder umfunktioniert. Nach der Wiedervereinigung Deutschlands 1989 fiel es uns von und zu Donnerbüx' dann wieder zu. Allerdings mussten wir damals der Bedingung zustimmen, dass der Park auf jeden Fall öffentlich bleibt. Bloß sind wir deshalb nicht zuständig, wenn sich ein halsstarriger Stinkstiefel im Park die Haxen bricht. Die ganze Geschichte beweist doch nur, wie die Stadt den Schlosspark mehr und mehr verlottern lässt. Aber dieser Dr. Schnuddepick wäre durchaus zu so einer Tat fähig. Ein wirklich grauenvoller Mensch."
Die Freifrau zeigt auf Speck. „Hach, herrlich dieses Tier. Ich hoffe nur, der kotet im Schloss nirgendwo hin."

Dr. Ignazius Schnuddepick

Am Nachmittag brechen wir auf, um mit Dr. Schnuddepick zu sprechen. Die Adresse hat uns Trixis Mutter herausgesucht.
Ein gut gelaunter junger Mann öffnet die Tür. „Ja bitte?"
„Wir sind die Detektivinnen und das ist unser Assistent."
Er lacht. „Detektivinnen? Worum geht es denn?"
„Wir wollen uns über die gefällte Eiche im Schlosspark unterhalten und über Ihren Unfall im Herbst."
Er strahlt uns an. „Oha, dann wollt ihr sicher zu meinem Vater."
Der Mann führt uns durchs Haus in den Garten. Unter einem Baum liegen kleine Äste. Und eine Säge.
„Vater", ruft der junge Mann sehr laut. „Diese, äh, Detektive wollen dich sprechen!"

Vor uns sitzt ein mürrischer, alter Mann in einem Gartenstuhl und starrt ins Leere. Hulda lächelt ihn an. „Dr. Schnuddepick, wir möchten uns mit Ihnen über Ihren Unfall unterhalten."
„Nein, danke", brummt er schlechtgelaunt. „Aber ich nehme zwei."

Hörner und Hufe

Hilda versucht es etwas lauter. „Nein, wir sprechen über Ihren Beinbruch."
„Wie bitte?"
„IHR BEINBRUCH."
„Was denn für ein Einbruch?" Verwundert wendet sich der Alte an seinen Sohn. „Benno, was wollen diese Gören? Wurde jetzt bei mir auch noch eingebrochen? Diese Freifrau schreckt aber auch vor gar nichts zurück."
Hilda erklärt Benno in aller Ruhe, was geschehen ist.
„Ich verstehe", sagt er. „Ihr müsst wissen, dass mein Vater von Beruf Gutachter ist. Er sollte für die Freifrau von und zu Donnerbüx den Park vermessen und einschätzen. Dabei ist dann der Unfall geschehen."
Hilda wundert sich. „Wozu sollte er denn den Park vermessen?"
Benno zuckt mit den Schultern. „Keine Ahnung, aber er ist an dem Tag ausgerutscht und hat sie verklagt, denn schließlich war er ja in ihrem Auftrag unterwegs. Sie hat ihn dann wiederum auch gleich verklagt. Allerdings zieht sich der Prozess seit Monaten hin."
Irgendetwas scheint aber der alte Mann doch aufgeschnappt zu haben. „Nehmt euch vor dieser Donnerkuh in Acht, Kinder", ruft er. „Sie ist gefährlich, sie ist der Teufel. Desnachts wachsen ihr Hörner und Hufe. Hört auf meine Worte: Hörner und Hufe!"
„Papa", meint Benno, „reg' dich nicht auf." Und dann bittet er uns zu gehen. „Wisst ihr, der Unfall macht meinem Vater nicht

halb so viel zu schaffen, wie die Klage mit dieser Freifrau. Sie kann sich schließlich die besseren Anwälte leisten."

An der alten Eiche

„Ob Benno etwas damit zu tun hat, um sich für seinen Vater zu rächen?", frage ich auf dem Rückweg zum Schloss.
„Dann würde er sich doch an Trixis Mutter rächen wollen", antwortet Hilda, „und nicht an einem Baum, der ihr nicht gehört."
„Waff, wraff", macht Speck.
„Auch richtig, Speck", meint Hulda. „Bennos Säge war tatsächlich viel zu klein."
Auf unserem Rückweg kommen wir an der gefällten Eiche vorbei. Die Stelle wurde inzwischen mit einem rotweißen Band abgesperrt. Immer mehr trauernde Menschen strömen herbei und legen Blumensträuße und brennende Kerzen ab. Andere haben Dankesbriefe an die Rinde gepinnt.
„Hey, Leute", grüßt uns Melinda, die hier mit anderen Umweltschützern und brennenden Kerzen eine Mahnwache hält.
„Wo steckt Anton?", fragt Hilda.
„Auf der Wache zum Verhör", erklärt sie. „Jemand hat der Polizei und der Presse einen Tipp gegeben. Vermutlich hat diese Person auch die Säge bei ihm platziert."
„Das klingt nach einer Falle", findet Hulda. „Aber warum und vor allem wer?"
Melinda schnauft böse. „Hier läuft ganz klar eine Aktion gegen uns Umweltschützer." Sie hält uns ihr Handy hin. „Es schreiben schon jetzt alle über uns und kramen dazu alte Geschichten aus oder erfinden welche. Ein Kommando Grünes Schwarz existiert nicht. Mein Ehrenwort! Wir werden einfach nur schlecht gemacht – und das fühlt sich angesichts dieser Lügen über uns richtig mies an!"

Das können wir nicht beweisen

Abends hängen wir ratlos mit Trixi vor dem Kamin herum, während uns Olaf einen Teller mit Schnittchen hinstellt. Wir vier besprechen gerade, was wir bisher herausgefunden haben. Viel ist es nicht.
„Ich fasse zusammen“, beginnt Hilda. „Jemand möchte den Umweltschützern den schwarzen Peter zuschieben. Dieser jemand erfindet ein Kommando, das es laut Melinda gar nicht gibt.“
„Dieselbe Person hat Anton die Säge untergeschoben“, sage ich, „um den Verdacht auf ihn zu lenken.“
„Möglich wäre es doch, dass irgendwelche bekloppten Anhänger von Frau Heckmann die Tat begangen haben“, überlegt Hulda.
„Nur werden wir das wohl nie beweisen können“, antwortet Hilda.
„Was ist mit diesem Dr. Schnuddepick?“, erkundigt sich Trixi.
„Mein Vater meinte doch, dass der zu allem fähig wäre.“
Hilda winkt ab. „Zu alt und zu klapprig.“
Trixi seufzt. „Sind eure Fälle eigentlich immer so verzwickt?“
„Waff, wraff“, macht Speck. Aber ich glaube, der bellt bloß.

G wie Gänsehaut

Abends liege ich im Bett und lösche die Kerzen auf dem Ständer erst gar nicht. Schlafen kann ich trotzdem kaum. Als ein Windhauch die Kerzen ausbläst, gehen sie diesmal nicht wieder von selbst an. Ich fingere im Dunkeln nach meiner Taschenlampe, aber die scheint leer zu sein. Das wird mir jetzt doch zu unheimlich. Im Finstern versuche ich in Richtung Tür zu tappen, stoße aber dabei gegen die Ritterrüstung, die laut scheppernd zu Boden stürzt. Jetzt bloß nicht in Panik geraten, sage ich mir.
Überglücklich erwische ich endlich die Türklinke. Im Flur vor meinem Zimmer ist es allerdings ebenfalls zappenduster. Nur

zwei kleine Lichtkegel bewegen sich wie schwebende Geister hin und her. Dann höre ich meinen Namen.
„Friedooo“, flüstert die Stimme. Es hört sich gruseligerweise wie ‚Friedhof‘ an und ich bekomme auf der Stelle eine Gänsehaut. Meine Knie zittern. Als sich eine Hand auf meiner Schulter legt, möchte ich aufschreien, aber meine Stimme versagt. Doch zu meiner Erleichterung stehen nur Hilda und Hulda im Schlafanzug und mit ihren Taschenlampen vor mir.
„Kannst du auch nicht schlafen?“, fragt Hulda.
Ich schüttle den Kopf.
„Wir auch nicht. Im Zimmer riecht es nach Rosen und Lavendel. Und Speck ist auch wieder so merkwürdig.“
Tatsächlich starrt der Hund im Flur zur Decke. Dort ist aber absolut nichts zu sehen. Dann trabt er los und wedelt dabei munter mit dem Schwanz.
„Nichts wie hinterher“, beschließt Hulda.
Ich würde ja lieber hierbleiben, aber die Mädchen haben funktionierende Taschenlampen.

Aurelius von und zu Donnerbüx

Wir schleichen im dunklen Spukschloss dem Vierbeiner hinterher. Inzwischen rieche auch ich den Duft von Blüten und Lavendel. Vor einem der riesigen Ölschinken bleibt Speck stehen und fiept merkwürdig.
„Was ist denn hier, Speck?“ Hilda strahlt mit der Taschenlampe das Bild eines Mannes an. „Hier auf dem Schild steht ein Name. ‚Aurelius von und zu Donnerbüx, Landschaftsgärtner‘.“
„Seht euch mal das Bild und das Datum genauer an“, meint Hulda.
„Ich sehe nur einen Mann mit einer Schaufel, der einen Baum pflanzt“, sage ich.

„Eine Eiche“, verbessert mich Hulda. „Und nicht irgendeine Eiche, sondern unsere Eiche vor knapp 400 Jahren!“
„Aber was möchte uns Speck damit sagen?“, wundere ich mich, doch da tippelt er schon wieder los und wir folgen ihm. Speck läuft eine steinerne Rundtreppe hinab. Was sieht der Hund bloß, was wir nicht sehen? Spinnweben bleiben an uns hängen – und ich schwöre: ich werde mir nie wieder einen Horrorfilm ansehen! Jetzt durchqueren wir mit Speck einen Weinkeller. Vor einem Fass bleibt er stehen.
Hulda sieht ihn erwartungsvoll an. „Und jetzt, Speck?“
„Waff, wraff“, macht er.
„Ach so“, meint Hilda, „Kommt, helft mir mal.“
Wir schieben das riesige Fass zur Seite, das auf Rädern steht. Dahinter stoßen wir auf einen geheimen Raum. Darin liegen überall Akten, Bücher und Pläne.

„Schaut mal, wie sauber und aufgeräumt es hier ist“, ruft Hulda. „Diese Geheimkammer scheint regelmäßig genutzt zu werden.“

„Das gibt's nicht!“ Hilda leuchtet eine aufgeschlagene Seite auf dem Tisch an. „Hier ist die Klageschrift von Herrn Schnuddepick,“ erklärt sie. „Und eine Klage von der Freifrau an die Stadt Berlin, weil sie den Park vernachlässigen.“

„Das ist aber sehr interessant“, findet Hulda.

Hilda hält uns ein paar Papiere entgegen. „Hier ist ein Kostenvoranschlag für den Bau einer Mauer – in Millionenhöhe!“

„Was soll das werden?“, hören wir plötzlich eine Männerstimme. Erschrocken drehen wir uns um. Vor uns steht Olaf, der Butler mit einer Laterne. Und er ist nicht allein.

„Was zum Henker macht ihr hier?“, fragt die Freifrau von und zu Donnerbüx.

„Was wohl“, meint Hilda lässig. „Bescheid wissen, was sonst?“

Bescheid wissen? Wie ist das denn jetzt gemeint?

„Waff, wraff“, macht Speck. Was soll das? Dir hat doch bestimmt ein Geist die Lösung ins Ohr geflüstert.

NetzKrimi-Aufgaben

1. **Wer hat die Eiche gefällt?**
   Und vor allem: Warum hat die Person das getan?
2. **Finde in den Wörtern mindestens fünf versteckte Körperteile!** Zum Beispiel: w<u>arm</u>.
3. **Welche drei Fehler haben sich eingeschlichen?**

Auflösung auf S. 117

Vierter Fall: Der Bürgermeister redet Kleister**

Seit einer Woche führen Hilda und Hulda in den Hofpausen Umfragen mit Schülern aller Klassenstufen durch. Der Auftrag stammt von Herrn Silbermann. Unser Lieblingslehrer möchte herausfinden, was sich Schüler in Zukunft von der Papert-Gesamtschule wünschen. Die gesammelten Ideen werden von den Zwillingen am Ende bei einer Schulkonferenz präsentiert. Herr Silbermann hat fest versprochen, dass die Lehrer die besten Vorschläge ernsthaft prüfen und umsetzen wollen. Weil der Film richtig gut werden muss, versuche ich mit ruhiger Hand zu filmen, obwohl gerade Eleftheria aus der 5a vor der Kamera mächtig herumzappelt.

„Ich fände es gut", meint sie, wenn die Schule keine Hausaufgaben mehr aufgibt." Ihre beiden Freundinnen nicken kichernd.

Willi aus der 8b fordert etwas anderes. „Ich würde das Sitzenbleiben abschaffen", sagt er direkt in die Kamera. „Ich weiß genau, wovon ich spreche. Als ich dieses Jahr wiederholen musste, gab es zu Hause richtig Zoff."

Der überraschendste Einfall kommt von Jelena aus der 11d. Sie trägt kunterbunte Hippie-Klamotten mit aufgenähten Blumen.

„Lasst uns eine Liebesbank bauen", ruft sie fröhlich.

Erstaunt reißt Hilda die Augen auf.

Und Hulda denkt, sie habe sich verhört. „Bitte w-was?"

Liebesbänke sind gut für den Unterricht

„Eine Liebesbank“, wiederholt sie begeistert. „Sie könnte dann im Hof für alle Liebespaare in der Schule stehen.“

„Da wird aber eine nicht reichen, fürchte ich“, meint Hilda.

„Kein Problem“, findet Jelena. „Dann bauen wir eben gleich mehrere. Davon hätten nicht nur die Pärchen etwas, sondern auch die Lehrer.“

Hulda muss lachen. „Wieso denn das?“

„Ist doch sonnenklar: Liebesbänke haben ja auch etwas mit Unterricht zu tun. Biologie wegen der Hölzer, also Robinie, Lärche und Ahorn“, führt Jelena aus, „aber es steckt auch jede Menge Mathe darin, weil auch gemessen und berechnet wird. Und im Deutschunterricht könnten wir dann die schönsten Liebesromane durchnehmen.“

„Genial“, entfährt es Hulda. „Und total durchdacht.“

Für einen Moment stelle ich mir vor, wie Hulda und ich auf so einer Bank …

„Warum grinst du so?“, unterbricht Hilda meine Träumerei. „Filme gefälligst weiter!“

„I-ich? Ich grinse doch nicht“, widerspreche ich mühsam. „Ich habe nur gerade einen, äh, Krampf in der Oberlippe.“

„Waff, wraff“, macht Speck. Halt bloß die Klappe, Mann!

Es ist alles sinnlos

Doch nicht alle Schüler wollen sich an dem Projekt beteiligen. Nadira machen unsere Fragen sogar richtig wütend.

„Lasst mich bloß mit eurem Scheiß in Ruhe“, zischt sie in der Hofpause. „Ich haue nach der zehnten Klasse sowieso ab und werde Schauspielerin.“

„Warum willst du ausgerechnet jetzt gehen?“, fragt Hilda. „Durch unsere Umfrage haben wir doch eine richtig gute Gelegenheit, viele Dinge an der Schule zu verbessern.“
„Vergiss es“, zischt sie ungehalten. „Eure Umfrage ist komplett sinnlos. Denn die Schule, wie ihr sie kennt, wird es ohnehin schon sehr bald nicht mehr geben.“
Das verstehe ich nicht. „Was soll denn das bedeuten?“
„Echt jetzt?“ Nadira rückt näher. „Habt ihr das denn noch nicht gehört? Künftig sollen die Sommerferien auf eine Woche verkürzt und der Samstagsunterricht wieder eingeführt werden.“
„W-was???“, fragt Hilda fassungslos.
„Nicht dein Ernst!“ Auch Hulda ist geschockt. „Und woher willst du das wissen?“
„Das ist längst beschlossene Sache!“, erklärt Nadira. „Wie kann es sein, dass ihr supercleveren Schwestern noch nichts davon mitgekriegt habt? Der Plan kommt von ganz oben!“
„Also für mich klingt das nach einer absoluten Falschinformation“, murmelt Hilda.
Aber sie irrt sich. Der Plan kommt vom Bürgermeister. Höchstpersönlich.

Der Grill- & Bürgermeister von Berlin

Tatsächlich gibt Bürgermeister Wotan Wuttke seine Absichten in einem YouTube-Video preis. Schülerinnen und Schüler teilen es eifrig in den sozialen Netzwerken und über WhatsApp. Anscheinend wurde er allerdings ohne sein Wissen aufgenommen. Im Film steht Wuttke an einem lauen Sommerabend in einem Garten und grillt. Er trägt eine schwarze Schürze mit der Aufschrift ‚Grill- & Bürgermeister‘. Ein Mann mit schwarzem Käppi und eine blonde Frau schauen ihm zu.

„Wir werden über das Schulamt ein paar Veränderung vornehmen“, sagt Wuttke kalt lächelnd und verteilt dicke Steaks vom Rost auf die Teller. „Wir verkürzen die Sommerferien auf eine Woche, schaffen die restlichen Ferien ab und führen den Samstagsunterricht wieder ein. Das wird jeder verstehen: Es gibt einfach zu viel Schulstoff, dazu noch die Digitalisierung. Außerdem haben wir zu viel Unterrichtsausfall durch insgesamt 1.000 Lehrer, die entweder dauerhaft krank oder in Mutterschutz sind. Auch die Anzahl der Hausaufgaben muss drastisch erhöht werden!“
Die Zwillinge und ich starren fassungslos auf das Smartphone.
„Es ist also wirklich wahr“, wispert Hulda.
„Was für ein Albtraum“, ruft Hilda. „Dann gibt es ja gar keine Freizeit mehr und unser Umfrageprojekt ist dann auch voll für die Katz.“
Mit den Pfoten bedeckt Speck seine Augen und winselt leise.
Geht mir genauso, Kumpel, geht mir genauso.

Bert will nicht sterben

Alle Schüler regen sich über den Bürgermeister und seine künftigen Schulpläne tierisch auf. Auch in unserer Klasse schimpfen die Mitschüler wütend.
Als Frau Kastinaki die Klasse betritt, ist das Chaos im vollen Gange. Sie kann die tobenden Schüler kaum beruhigen.
„Ich verstehe ja euren Zorn“, ruft sie. „Uns Lehrern geht es doch ganz genauso. Wir hätten dann auch nur eine Woche Sommerferien. Ihr glaubt doch nicht ernsthaft, dass meine Kollegen und ich Freude daran hätten, jeden Samstag anzutanzen … Ganz bestimmt nicht! Aber eigentlich kann der Bürgermeister sowas gar nicht bestimmen.“ Hilflos schaut sie in die Runde. „Aber sollte es tatsächlich so kommen, dann wären dem Direktor und uns

die Hände gebunden. Wir müssen es umsetzen, ob wir wollen oder nicht."
„Aber können Sie das nicht irgendwie verhindern?", fragt Ajala.
„Bitte, bitte", flehen auch andere Schüler.
Frau Kastinaki zuckt mit den Schultern. „Schon allein, wenn ich daran denke, euch noch mehr Hausaufgaben aufzubrummen, wird mir richtig schlecht."
„Ich glaube, es hackt!", ruft Bert. „Das wird ja für uns voll der Megastress. Bitte, Frau Kastinaki, helfen Sie uns. Ich bin noch viel zu jung, um an einem Herzinfarkt zu sterben."

Nicht die ganze Wahrheit

Den frühen Abend verbringe ich mit den Zwillingen auf dem Hausboot. Wir sitzen in ihrem Zimmer und beraten, was wir unternehmen können.
„Wie wäre es mit einer Online-Petition?", schlage ich vor. „Wenn sich genügend Leute an der Unterschriftenaktion beteiligen, können wir vielleicht doch noch das Schlimmste verhindern."
„Gute Idee, Friedo", meint Hulda. „Ich bin mir sehr sicher, dass wir wirklich sehr viele Unterschriften zusammenbekämen."
Nur Hilda zweifelt. „Haben denn Online-Petitionen jemals etwas bewirkt? Viele Leute glauben doch, dass sie schon mit einem einzigen Klick für etwas gekämpft hätten."
Da klopft Mikkel an der Tür. „Kommt ihr zum Essen? Du auch, Friedo. Es gibt Shashuka."
Schweigend folgen wir ihm aufs Oberdeck.
„Shashuka kommt aus Israel und ist eigentlich ein Frühstück", erklärt uns der Vater. Er redet einfach gerne übers Essen. „Es besteht aus pochierten Eiern und Tomatensoße mit Zwiebeln und roter Paprika. Dazu gibt es geröstetes Fladenbrot. Sehr lecker!"

Es duftet tatsächlich köstlich, als er mir einen Teller hinstellt. Aber dieser Wotan Wuttke hat mir den Appetit verdorben. Und nicht nur mir. Auch Hilda und Hulda rühren ihr Essen nicht an. „Was ist denn mit euch los?“, erkundigt sich Aya. Die Mutter schaut uns ernst an. „Ist irgendwas passiert?“
Hilda erzählt in wenigen Worten vom Video des Bürgermeisters.
„Ach“, sagt Aya und lacht spöttisch. „Das mit den Hausaufgaben ist also wirklich alles, was euch so aufregt?“
„Und die Verkürzung oder Streichung der Ferien“, ergänzt Hilda. Die Mutter der Zwillinge schnaubt verächtlich. „Dieser Irre hat doch viel schlimmere Dinge gesagt. Wisst ihr das nicht?“
„Wie meinst du das?“, fragt Hulda. „Und was denn für Dinge?“
„Habt ihr denn keine Nachrichten gesehen?“, fragt Mikkel. „Die Sache mit der Schule ist doch nur ein kleiner Ausschnitt. Der Bürgermeister ist in einen Riesenskandal verwickelt, der ihn höchstwahrscheinlich sein Amt kosten wird.“
Überrascht schauen wir uns an.
„Wartet“, sagt Aya. „Ich hole nur schnell das iPad.“

Ein Bürgermeister redet sich um Kopf und Kragen (1)

Im Video sehen wir den Bürgermeister mit denselben zwei Personen wie bei der anderen Aufnahme im Garten stehen. Gerade legt er die dicken Steaks auf den Grill. „Ich hoffe, dass ich in zwei Wochen wiedergewählt werde. Momentan führt mein Gegenkandidat Kuno Kroll in den Umfragen hauchdünn. Also: Wie weit sind Sie?“
„Die Operation startet pünktlich,“ antwortet die Blonde. „Das Material gegen Kroll ist richtig gute Arbeit. Gefälschte Fotos, gefälschte Dokumente, gefälschte Zeugenaussagen.“

Der junge Mann mit schwarzem Käppi nickt. „Wir spielen das über die Presse und die sozialen Medien. Dann verbreitet sich alles ganz von selbst. Das Material dürfte Kroll in hohem Bogen aus dem Wahlkampf schleudern. Danach wird er sich wünschen, niemals gegen Sie angetreten zu sein, Herr Bürgermeister."

Nachdenklich hebt Wuttke den Kopf. „Kann das zu mir zurückverfolgt werden?"

Die Frau schüttelt den Kopf. „Nein. Unsere Spezialisten bleiben sogar für uns selbst unauffindbar. Halten Sie sich nur an die Abmachung."

„Natürlich", verspricht Wuttke. „Die Grundstücke sind, wie besprochen, für Ihre Investoren reserviert. Alles Filetstücke, deutlich unter dem üblichen Kaufwert."

„Unsere Auftraggeber sind wegen der Lage auf dem Areal noch immer sehr beunruhigt. Tagsüber lungern dort Obdachlose herum, abends machen Jugendliche Party."

Ein Bürgermeister redet sich um Kopf und Kragen (2)

Wuttke dreht die Würstchen um. „Kein Sorge. Ich habe einen privaten Sicherheitsdienst beauftragt, der die Obdachlosen ohne viel Aufhebens fortschafft. Und wegen der Jugendlichen habe ich auch schon eine Idee. Die werden alle hübsch abmarschieren ..."
„Und wie wollen Sie das anstellen?"
„Wir werden über das Schulamt ein paar Veränderung vornehmen", sagt er lächelnd und legt die Steaks auf die Teller. „Wir verkürzen die Sommerferien auf eine Woche, schaffen die restlichen Ferien ab und führen den Samstagsunterricht wieder ein. Das wird jeder verstehen: Es gibt einfach zu viel Schulstoff, dazu noch die Digitalisierung. Außerdem haben wir zu viel Unterrichtsausfall durch insgesamt 1.000 Lehrer, die entweder dauerhaft krank oder in Mutterschutz sind. Auch die Anzahl der Hausaufgaben muss drastisch erhöht werden! Sie werden sehen, da bleibt keine Zeit mehr für Party." Er hält eine Flasche hoch. „Gläschen Sekt?"
Nach dem Ende des Videos bleiben wir still.
„Grauenvoll!", meint Hulda.
„Total", stimmt auch Mikkel traurig zu. „Besonders, was dieser Wahnsinnige mit den Steaks anstellt. Die sind ja total durch, trocken, zäh und vollkommen ungenießbar."

Der Mann ist sowas von erledigt

Nach dem Essen schauen wir uns auf dem Tablet die Reaktionen auf das Video in voller Länge an. Es ist natürlich die BLOCK-Zeitung, die den Bürgermeister komplett auseinandernimmt. Sie knöpfen sich seine politischen Fehler und seine privaten Probleme vor. Seine Frau habe ihn wegen eines anderen Mannes verlassen und seine neue Freundin sei gerade mal 19 Jahre alt und Verkäufe-

rin. Aber auch die anderen Medien gehen nicht gerade zimperlich mit dem Chef der Hauptstadt um. Alle berichten über das Video, alle verlinken es online und schreiben die Aussagen zum besseren Verständnis als Protokoll ab. Die schlimmsten Sätze sind gefettet.
„Wenn das Video wirklich echt ist, kann der Bürgermeister einpacken", findet Hilda.
„Aber er beteuert doch seine Unschuld", sage ich.
„Die Frage ist, ob ihm das jemand abkauft", meint Hulda.

Natürlich gilt die Unschuldsvermutung

Sie hat Recht. Wotan Wuttke hat in einer Pressekonferenz wenig glaubhaft auf eine alte Bibel geschworen, dass das Video gefälscht sei. Außerdem, so erklärt Wuttke, habe er bereits persönlich die Polizei eingeschaltet. Doch dummerweise ermittelt die Staatsanwaltschaft ebenfalls bereits. Gegen den Bürgermeister.
Sogar sein Widersacher bei der anstehenden Wahl kommt in den Medien zu Wort. Kuno Kroll ist so ein komischer Typ mit Glatze. „Sollte sich der Film im Netz als wahr herausstellen", sagt Kroll kühl, „und der Bürgermeister tatsächlich Schmutz und Schund über mich verbreiten, wäre das wirklich allerhand. Aber selbstverständlich gilt wie immer erstmal die Unschuldsvermutung."
„Sorry, Leute." Hulda schüttelt den Kopf. „Irgendetwas stimmt mit dem Video des Bürgermeisters nicht."

Fälschung oder nicht Fälschung?

Wir schauen uns den Film wieder und wieder an. Fast kann ich alles schon Wort für Wort wiedergeben.
„Also ich finde nix", erkläre ich stöhnend.

„Du vielleicht", meint Hilda. „Ich schon. Genau genommen haben wir es mit zwei Fällen zu tun. Fall Nummer eins ist dieses unsägliche Zeug, das er von sich gegeben hat. Fall Nummer zwei ist das heimlich gedrehte Video und seine gezielte Veröffentlichung."
„Außerdem waren auf jeden Fall mehrere Kameras im Spiel", ergänzt Hulda. „Denn der Blickwinkel ändert sich im Video immer wieder."
„Das habe ich alles nicht bemerkt", gestehe ich.
„Macht doch nichts." Hulda lacht. „Du hast ja uns. Mir ist es auch nur deshalb aufgefallen, weil der Mann und die Frau auch von hinten gefilmt wurden. Merkwürdigerweise sind beide immer nur mit dem Rücken zu sehen, wenn sie gerade sprechen. Weil wir nur dann hören, was sie sagen, könnte es sich schon um eine Fälschung handeln."
„Oder auch nicht", widerspreche ich. „Denn wenn der Bürgermeister redet, ist er von vorne zu sehen. Also hat er das schon wirklich gesagt, oder nicht?"
Hilda beißt sich auf die Unterlippe. „Ich denke, wir haben einen neuen Fall."
Ihre Schwester nickt. „Sprechen wir mit dem Bürgermeister", schlägt Hulda vor.
„Jetzt?", frage ich, weil ich eigentlich nach Hause muss.

Harte Verhandlungen

„Wo wollt ihr denn so spät noch hin?", fragt Mikkel, als wir das Boot verlassen.
„Zum Roten Rathaus. Wir wollen mit dem Bürgermeister sprechen."
Der Vater lacht. „Und ihr glaubt, dass er sich in seiner angespannten Situation ausgerechnet mit zwei jungen YouTuberinnen und ihrem besten Freund unterhalten möchte?"

Ups. Daran hatten wir gar nicht gedacht. Für Wuttke sind wir bloß Kinder.
„Wir versuchen es einfach“, meint Hilda. „Oder hast du eine bessere Idee?“
Mikkel verschränkt die Arme und lächelt vielsagend.
„Papa!“, ruft Hulda. „Na los, spuck's schon aus!“
„Ich kenne Wuttkes Wahlleiterin Dana Merkurio, sie hat bei mir schon zwei Kochkurse gebucht. Ich habe ihre private Handynummer und kann sie sofort anrufen. Aber das wird euch was kosten.“
„Und was?“, fragt Hilda. „Das kann nichts Gutes bedeuten.“
Mikkel lehnt sich lässig gegen das Hausboot. „Ab sofort macht ihr für drei Monate den Küchendienst. Alleine.“
„Das ist doch Erpressung“, stellt Hilda fest.
„Nein, Erziehung“, antwortet Mikkel.
Hulda seufzt. „Okay, ruf' sie an!“

Das geheime Treffen

In einer Seitenstraße des Tiergartens nähert sich im Schritttempo ein schwarzer Kleinbus mit verspiegelten Scheiben. Als das Fahrzeug uns erreicht, springt hinten die Seitentür auf.
Im Wageninneren sitzen auf der Rückbank eine dunkelhaarige Frau und der Bürgermeister mit hochrotem Kopf. Er scheint mächtig unter Druck zu stehen.
„Tut mir wirklich sehr leid, dass wir so geheimnisvoll tun müssen“, beginnt Wuttke. „Aber das Rathaus und meine Privatwohnung werden von der Presse belagert. Wir sind nirgends mehr sicher. Sogar meine Adoptivtochter Marlene wird als meine Geliebte in den Medien dargestellt.“ Er zeigt auf die Frau neben ihm. „Das ist übrigens meine Wahlleiterin Dana. Von ihr kam der Tipp, dass wir uns mal unterhalten sollten.“

„Freut mich, euch kennenzulernen", sagt Dana. „Ich habe nur Gutes von Mikkel über euch gehört."
Wuttke wischt sich mit einem Taschentuch den Schweiß von der Stirn. „Dana meint, dass nur noch ihr mir aus der Klemme helfen könnt. Ich darf weder der Polizei, noch der Staatsanwaltschaft trauen. Jedenfalls nicht, solange ich nicht weiß, wer hinter diesem gefälschten Video steckt." Er hält inne. „Ihr glaubt doch auch, dass es gefälscht ist? Oder nicht?"

Ich habe das nie gesagt

„Ich bin sicher nicht frei von Fehlern", gesteht Wuttke. Er öffnet einen kleinen Kühlschrank und reicht uns drei kleine Wasserflaschen. „Gerade in der Politik geht es nicht immer freundlich zu, aber ich schwöre euch bei allem, was mir heilig ist, dass das Video ein einziger Schwindel ist."
Hilda trinkt einen Schluck. „Das sind aber schon Sie in dem Film oder nicht?"
„Sicher", räumt er ein. „Doch ich habe das alles nie gesagt. Kein Wort davon."
„Aber das ist doch Ihre Stimme", hakt Hulda nach.
„Ja", erklärt er. „Das ist es ja, was ich überhaupt nicht verstehe. Darum habe ich auch einem Treffen mit euch zugestimmt, weil ihr Ahnung von diesem Internet habt. Da muss es doch so einen Computerdingsbums geben, der meine Reden digital zerlegt und dann mit einem neuen Text wieder zusammenbaut. Danach könnt ihr mich in einem Video auch hören, wie ich behaupte, dass mich Marsmenschen durch einen Alien ersetzt haben."
„Hm", macht Hilda. „Soweit ich weiß, klingt sowas immer holprig und auch die Satzmelodie stimmt nicht mehr."
„Sie aber reden", fährt Hulda fort, „im Video ganz flüssig."

Grillen ist meine Leidenschaft

Hulda versucht es mit einem neuen Ansatz. „Lassen Sie uns von vorn beginnen: Gab es dieses Treffen wirklich?“

Wuttke nickt. „Leider ja. In meinem Landhaus in der Uckermark.“

„Und worüber haben Sie gesprochen?“, fragt Hilda.

„Über alles Mögliche, ganz zwanglos. Auf dem Video rede ich in Wirklichkeit gerade über Steaks. Grillen ist meine Leidenschaft.“

„Und wer waren die beiden Gäste?“, forscht Hilda weiter nach.

„Unterstützer meines Wahlkampfes. Gerade, wenn es um Spenden geht, ist es durchaus üblich, dass sie den Kandidaten privat aufsuchen dürfen. Sie mögen es gerne persönlich. Oft gibt es ein Dinner, aber weil das Wetter so schön war, haben Dana und ich uns fürs Grillen entschieden. Da konnte ich zeigen, dass ich auch am Grill ein Meister bin.“

„Waren Sie auch da?“, will Hulda von Dana wissen.

„Ich kam erst später, als die beiden schon fort waren“, antwortet die Wahlleiterin. „Meine Anwesenheit hätte nur gestört.“

„Haben Sie noch Kontakt zu diesen Gästen?“

Dana schüttelt den Kopf. „Das ist ja das Merkwürdige. Ihre E-Mails kommen zurück und ihre Handynummern sind inzwischen ungültig. Sie haben uns auch falsche Namen, falsche Berufe und Adressen genannt.“

„Es war eine abgekartete Sache.“ Wotan Wuttke sinkt immer tiefer in den Sitz. „So wie es aussieht, bin ich die längste Zeit Präsident dieser wundervollen Stadt gewesen.“

Ich war Casey Monday

In der Schule findet weiter Unterricht statt, aber im Augenblick passt niemand sonderlich auf. Auch in der Hofpause will sich kaum noch jemand an unserer Umfrage beteiligen.

„Na?“, fragt Nadira spöttisch. „Läuft wohl richtig zäh mit euren Umfragen.“

„Kein Wunder“, antworte ich. „Die Stimmung ist in der ganzen Schule im Keller.“

Sie lacht schief. „Wem sagst du das? Meine Theater-AG fällt jedenfalls auch bis auf weiteres aus.“

„Was spielt ihr denn?“, frage ich.

Lächelnd kommt Nadira einen Schritt näher. „Interessierst du dich wirklich für’s Theater?“ Sie legt sanft eine Hand auf meine Schulter. „Oder willst du mich nur spielen sehen?“

Hulda schaut zu uns rüber und ich kann ihren Blick nicht deuten. Ist sie misstrauisch? Oder eifersüchtig?

„Waff, wraff“, macht Speck.

Aha, also doch Eifersucht.

„Ich bin ein Naturtalent“, erklärt Nadira stolz. „Sagt auch Herr Silbermann.“

„Hast du schon mal in einem Film mitgespielt?“, frage ich.

„Nein, aber bereits als Kind habe ich amerikanische Sendungen synchronisiert. Kennst du die Serie „Hey, hey Nudelmann“?“

Ich schüttle den Kopf.

„Schade“, meint Nadira. „Ich habe da die Casey Monday gesprochen.“

„Danke“, ruft Hulda plötzlich und fällt Nadira um den Hals.

Jetzt verstehe ich gar nichts mehr.

Stimmen im Netz

„Ich weiß, wie sie es mit dem Video gemacht haben", erklärt Hulda. „Es wurde heimlich aufgenommen und dann synchronisiert."

„Mega, Schwesterherz!" Hilda lacht glücklich. „Endlich sind wir einen Schritt weiter!"

„Es muss aber jemand sein, der eine sehr ähnliche Stimme besitzt", sage ich.

„Aber wer?", fragt Hulda. „Und wie finden wir das raus?"

Am Ende ist es eine Suchmaschine, die uns weiterhilft. Hilda hatte ohne große Hoffnung die Begriffe „Wotan Wuttke", „Bürgermeister" und „Schauspieler" eingegeben. Und da stand er: „Heribert Maria Stuessel". Laut Wikipedia war der Mann einst ein gefeierter Star, hat jedoch in den letzten Jahren kaum noch Rollen bekommen. Er macht aber unheimlich gut Berühmtheiten nach. Tatsächlich finden wir ein Video, in dem er sich täuschend echt wie Wuttke anhört.

„Das ist auf jeden Fall unser Mann", stellt Hilda entschlossen fest und wählt die Nummer auf Stuessels Webseite.

„Ja, hallo?", fragt eine Frauenstimme auf dem laut gestellten Telefon.

„Hier ist Hilda Abramson, kann ich Herrn Stuessel sprechen?"

„Ach, der ist gerade auf Monate ausgebucht", erklärt die Frau. „Worum geht es denn?"

Wir schauen uns an. Was sollen wir jetzt sagen? Wir dürfen den Mann auf keinen Fall verschrecken. Hilda reagiert supercool. „Wir sind die Zwillinge Hilda und Hulda. Vielleicht kennen Sie uns aus dem Netz? Wir haben über 15 Millionen Follower und würden Heribert Maria Stuessel ein eigenes Video widmen."

„Eigenes Video?", wiederholt die Frau ungläubig.

„Ja, er ist doch Deutschlands bester Schauspieler oder nicht?"

Es entsteht eine kurze Pause.
„Ich, äh, sehe gerade, dass es da zufällig eine klitzekleine Lücke im Terminkalender gibt. Wie wäre es heute um 13.30 Uhr? Ich, äh, Herr Stuessel isst jeden Mittag im alten Kaufhaus-Restaurant am Hermannplatz."
Hilda sagt sofort zu und legt auf.
„Habt ihr das auch gehört?", fragt sie uns.
„Ja", meint Hulda verwirrt. „Die Frau sprach plötzlich wie ein Mann."

Irgendwas mit Schicksal

Wir treffen auf Heribert Stuessel weiter hinten im Restaurant vor einem Flammkuchen mit Schafskäse. Er trägt Halstuch und Sonnenbrille.
„Ich bin Hilda, wir haben vorhin telefoniert. Das ist Hulda und Friedo, unser Kameramann."
Erstaunt zieht der Schauspieler die Brille ab. „Nein", sagt er. „Wir haben ganz bestimmt nicht telefoniert. Das war Anneliese, meine Sekretärin." Eifrig säbelt er an dem Flammkuchen herum. „Ich habe mir nur eine Kleinigkeit bestellt, während ich gewartet habe", erklärt er. „Ich wusste ja nicht, ob ihr Kinderlein pünktlich seid. Annemarie hat euch doch sicher gebeten, zeitig einzutreffen."
Annemarie? Eben war es noch Anneliese.
„Entschuldigen Sie bitte, wir hatten noch Schule."
„Schule?" Er schaut uns mitleidig an. „Was kann euch schon die Schule beibringen? Nur das Schicksal ist der wahre Lehrmeister im Zwielicht des Seins. Versteht ihr?"
Nicht wirklich. Aber ich schalte schon mal die Kamerafunktion ein.

Der größte Schauspieler aller Zeiten

„Ist das euer Hund?“, will Stuessel unvermittelt wissen.
Hilda nickt.
„Ein schöner Hund. Ich habe eine tiefe Verbindung zu Tieren. Sie verstehen mich und ich verstehe sie. Ich wollte schon immer einen Hund spielen.“
„Sie können doch auch Leute nachmachen, oder?“
„Nicht nachmachen, Kindchen, sondern ich sauge die Persönlichkeit des Anderen vollkommen in mich auf und werde dann zu eben dieser.“
„Auch Berühmtheiten?“, meint Hulda.
Er wedelt mit einem Stück Flammkuchen herum. „Wen ihr wollt. Nennt einfach einen Namen. Ich kann sie alle. Was sage ich? Ich BIN sie alle!“
Hilda lächelt. „Wie wäre es mit Bürgermeister Wotan Wuttke?“
Vor Schreck fällt ihm der Toast aus der Hand. „Nein, nein, nein, völlig unmöglich.“
„Waff, wraff“, macht Speck.
„Ach du lieber Himmel“, ruft der Schauspieler erschrocken. „Wie kann der Hund das wissen?“

Waff, wraff

Hilda schaut den Mann streng an. „Es ist besser, wenn Sie uns die Wahrheit sagen. Unser Hund verkraftet keine Lügen.“
Ermattet lehnt sich Stuessel zurück. „Dieser Hund kennt mich aus einem früheren Leben. Er hat es mir gerade gesagt.“
„Waff, wraff“, bellt Speck.
„Ja, du hast Recht. Ich habe das Video des Bürgermeisters synchronisiert.“

„Waff, wraff.“

Verblüfft schauen wir uns an. Übernimmt Speck die Befragung?

„Gute Frage“, meint Stuessel. „Ich schätze, ich brauchte das Geld.“

„Waff, wraff.“

„Nein, ich kannte den Auftraggeber nicht.“

„Waff, wraff.“

„Ja, ich weiß, ich weiß“, gibt der Schauspieler zu. „Ich hätte zur Polizei gehen müssen, als das Video rauskam. Aber da spürte ich ganz tief in mir drin eine große Angst. Aber jetzt bin ich bereit, mit dir offen darüber zu sprechen. Filmt der Junge da drüben noch?“

„Waff, wraff.“

„Gut“, meint Stuessel. „Obwohl das Licht hier nicht sehr vorteilhaft für mich ist. Bitte sage mir die Wahrheit: Werde ich dich jemals wiedersehen, liebes Hundilein?“

Wie toll ist Kroll?

Kuno Kroll will nicht mit uns sprechen. Der Gegenkandidat von Wotan Wuttke lässt uns über seine Sekretärin ausrichten, dass er keine Lust dazu hat. Natürlich hat sie das anders ausgedrückt und es auf seinen engen Terminkalender geschoben.
Hilda bleibt hartnäckig. „Mit Herrn Wuttke haben wir bereits ein langes Interview geführt", erklärt Hilda am Telefon. „Über unsere Fans möchte er direkt die jüngeren Wähler ansprechen."
„Na gut", sagt seine Sekretärin. „Um 17 Uhr ist er kurz zu Hause und zieht sich vor einem Wahlkampftermin um. Ihr hättet zehn Minuten. Reicht das?"
Pünktlich um 17 Uhr sind wir bei der Adresse, die uns die Sekretärin gegeben hat. Nur Kroll ist nicht da. Seine Hausangestellte lässt uns im Flur warten. Und warten. Und warten.
Hilda und Hulda schauen sich die gerahmten Fotos an. Die ganze Wand hängt voll davon.
„Ich wusste gar nicht, dass Kroll und Wuttke mal befreundet waren."
Tatsächlich gibt es ein paar gemeinsame Fotos der beiden. Beim Tennis, in einem Club mit Zigarren und auf einem Schiff.
„Ach nee", ruft plötzlich Hilda. „Oh doch", frohlockt Hulda.
„Wovon sprecht ihr?"
„Wraff, waff."
Nicht schon wieder! Bitte!

NetzKrimi-Aufgaben

1 **Wer hat das Video gefälscht?**

2 **Finde in den Wörtern mindestens fünf versteckte Planeten!** Zum Beispiel: <u>Venus</u>muschel.

3 **Welche drei Fehler haben sich eingeschlichen?**

Auflösung auf S. 120

Eine Frage der Moral

Die fünfte Geschichte in diesem Buch ist kein Krimi. Auch gibt es weder absichtliche Fehler oder versteckte Wörter, noch eine richtige Auflösung. In *Eine Frage der Moral* geht es einzig und allein um die fachkundige Meinung einer Person, die du besonders gut kennst: dich selbst.

DAS GING SCHIEF MIT DEM KETTENBRIEF

Paulina schickt Flocki eine WhatsApp-Nachricht.

~ Paulina

Sende sofort diese Nachricht an 20 Freunde weiter oder dein Haustier stirbt!!

Stell dir vor, du würdest diese Nachricht bekommen. Was würdest du an Flockis Stelle tun?

Kreuze an.

- ☐ Ich bekomme Angst und fange an zu zittern. 😢
- ☐ Ich frage Paulina, warum sie mir so etwas schickt? 😲
- ☐ Ich habe gar kein WhatsApp. 🤦
- ☐ Ha! Ich lache nur laut. 🤣
- ☐ Ich lösche die Nachricht, bin aber unsicher, ob nicht doch etwas passiert. 🙏
- ☐ Ich lösche die Nachricht, weil ich so einen Blödsinn nicht glaube. 🤪
- ☐ Ich sende die Nachricht nicht weiter, passe aber gut bewaffnet Tag und Nacht auf meine Katze/meinen Hund/meinen Hamster auf. 👀
- ☐ Ich sende die Nachricht sofort an zehn Freunde weiter. Das muss reichen. 🤯
- ☐ Ich sende die Nachricht sofort an 20 Freunde weiter. 💪
- ☐ Ich sende sie an Freunde weiter, verändere aber den Text: „Sende sofort diese Nachricht an 20 Freunde weiter oder der Unsichtbare spuckt dir am Morgen in dein Frühstück.“ 😱
- ☐ Ich sende sie lieber sofort an 30 Freunde. Sicher ist sicher. 🤪
- ☐ Ich sende sie nur an Freunde weiter, die gar kein Haustier haben. 😎
- ☐ Ich zeige die Nachricht meinen Eltern und frage, was ich tun soll. 🤨
- ☐ Weiß der wirklich, wo ich wohne? 😟

Wissensteil: Fake News

Alle Fakten, die du zum Thema Fake News wissen musst

Was sind Fake News?

Der Begriff „Fake News“ kommt aus dem Englischen und bedeutet „Falschnachricht“ oder „Falschmeldung“. Es handelt sich also um eine unwahre oder erfundene Nachricht. Häufig erscheinen Fake News im Internet. Viele Menschen senden sie über soziale Netzwerke weiter. Oft können Kinder und Jugendliche Fake News kaum durchschauen, aber auch zahlreiche Erwachsenen fallen darauf rein. Wie bei allen Lügen ist es auch bei Fake News besonders schwierig, sie als Unwahrheit zu erkennen.

Warum fallen wir so leicht auf Fake News herein?

- Fake News nutzen den Schreibstil eines echten Artikels.
- Fake News zeigen Bilder, Fotos, Videos und Karten, die so geschickt bearbeitet wurden, dass sie als Fälschung gar nicht auffallen.
- Fake News verwenden erfundene Zahlen, um noch echter zu wirken.
- Fake News haben meist auch Unterhaltungswert und ziehen dich damit magisch an. Oft sind sie deutlich spannender, verblüffender, faszinierender oder erschreckender als die einfache Wahrheit.

- Fake News geben Meinungen als Fakten aus.
- Fake News brauchen Sündenböcke. Jemand muss die Schuld in die Schuhe geschoben bekommen. Es werden hilflose Minderheiten schlechtgemacht, die von niemanden geschützt werden und keine Unterstützer haben.
- Fake News zielen bewusst auf deine Gefühle. Sie sollen dich zum Beispiel wütend oder dir Angst machen.
- Fake News wecken schlechte Eigenschaften wie Neugier oder Hass.
- Fake News bestätigen Menschen in dem, was sie glauben *wollen* und verstärken so Vorurteile.
- Fake News verwenden falsche Quellenangaben, Studien und Experten.
- Fake News sind besonders schlimm, wenn sie ein Stück Wahrheit enthalten: sie können zum Beispiel eine uralte Nachricht sein, aber behaupten, das Berichtete sei gerade erst passiert.

Wie verbreiten sich Fake News?

Fake News haben nur ein Ziel: Sie wollen dich und uns alle manipulieren, also beeinflussen. Am besten sollen die Falschnachricht dich dermaßen aufregen, damit du sie ohne nachzudenken gleich an deine Freunde weiterleitest. Die reagieren dann ähnlich und schicken sie an ihre Freunde und die wiederum an ihre Freunde weiter und so weiter. Weil auf diese Weise zahlreiche Leute Falschmeldungen derart einfach über soziale Medien oder WhatsApp verbreiten, haben die Macher von Fake News so leichtes Spiel.

Was wollen Fake News?

Echte Nachrichten werten nicht und stellen unabhängig Sachverhalte dar, um aufzuklären. Fake News wiederum sind Informationen, die täuschen sollen. Weil sie Informationen verfälschen, verdrehen und verwirren, werden sie auch *Desinformation* genannt. Sie wollen die Gesellschaft *destabilisieren,* das heißt uns in unseren Meinungen verunsichern. Und sie wollen unsere Gedanken und Standpunkte lenken, ohne dass wir es merken.

Warum sind Fake News oft politisch?

Einige Kinder und Jugendliche interessieren sich nicht für Politik, weil sie meist kompliziert ist und Politiker unverständlich reden. Aus diesem Grund glauben viele Kinder, dass sie nichts mit Politik zu tun haben. Das ist aber ein großer Irrtum. Denn die Folgen der Politik und ihrer Entscheidungen bekommen die Menschen im Land immer zu spüren – und somit auch ihre Kinder. Das kann unter anderem die Bildung, die Umwelt und den Frieden betreffen. Politik ist aber auch deshalb ein wichtiges Thema, weil wir in einer Demokratie leben. In anderen Ländern bestimmen zum Beispiel Könige oder Diktatoren; das Volk wird nicht gefragt. In einer Demokratie dürfen aber alle Bürger über Wahlen mitentscheiden, wie ihre Zukunft gestaltet wird. Weil Kinder dabei oft vergessen werden, gibt es zum Beispiel die UN-Kinderrechte. Dazu gehören das Recht auf Bildung, freie Meinungsäußerung, Zugang zu Medien und – Achtung! – Beteiligung. Du sollst mitbestimmen. Du bist also politisch.

Wie wirken Fake News auf die Demokratie?

Fake News reden zum Beispiel die Regierung schlecht oder erfinden Lügen, damit die Bürger Zweifel an ihr bekommen. Wer seiner Regierung nicht mehr vertraut, verliert auch den Glauben an Gerechtigkeit und Demokratie. Manche Menschen, die zum Beispiel keine Arbeit haben oder arm sind, fühlen sich ohnehin nicht mehr von Politikern in ihren Sorgen und Nöten verstanden. Sie gehen nicht mehr wählen oder wenden sich aus Trotz einer Partei mit rücksichtslosen und harten Forderungen zu.
Am Ende spalten Fake News die Gesellschaft und erschüttern so den Glauben an die Demokratie.

Wie Fake News die Menschen in unserem Land spalten

Ein ausgedachtes Beispiel:

MARSMENSCHEN ERSETZEN BÜRGERMEISTER WOTAN WUTTKE DURCH DOPPELGÄNGER

Austausch der gesamten Bevölkerung geplant

Gefällt mir 438 Kommentare 378 mal geteilt

Henriette Heckmann glaubt diese Falschnachricht und kauft ab sofort Bürgermeister Wuttke kein einziges Wort mehr ab. Vor allem steigt ihre Angst, selbst von den Außerirdischen ausgetauscht zu werden. Darum bringt sie alle Aussagen Wuttkes in einen Zusammenhang mit dem angeblichen Austausch der Bevölkerung. Vor allem die radikale STOLZKOPF-

Partei schimpft jetzt besonders stark gegen Wuttke. Sie bringt viele unzufriedene Menschen dazu, vor dem Rathaus zu demonstrieren und den Rücktritt des Bürgermeisters zu fordern. Berichten dann die Nachrichten über diese Proteste, verstärkt das wiederum beim Leser die Zweifel am Bürgermeister.
Zwar können ernsthafte Medien wie „Tagesschau“ und „Der Spiegel“ mit guten Argumenten beweisen, dass die Marsmenschen-Story frei erfunden sei. Für die STOLZKOPF-Partei ist das aber nur ein weiterer Beweis dafür, dass auch diese Medien bereits von Marsmenschen ausgetauscht worden sind. Davon ist auch Henriette Heckmann überzeugt.
Nun teilt sich die Bevölkerung in zwei Lager: Diejenigen, die an den Austausch glauben und diejenigen, die es nicht tun. Eine Diskussion zwischen diesen beiden unterschiedlichen Lagern ist dann nicht mehr möglich, weil jeder davon überzeugt ist, die „Wahrheit“ zu kennen und jeder nur noch auf Menschen hört, die seiner Meinung sind. Wenn aber die zwei Lager nicht mehr miteinander sprechen, verhärten sich die Fronten. Eine gemeinsame Grundlage gibt es dann nicht mehr. Auf diese Weise wird eine Gesellschaft gespalten. Darum sind Fake News für uns alle sehr gefährlich.

Was machen Fake News mit der freien Meinung?

Fake News kennen nur schwarz oder weiß oder gut oder böse. Weil sich so alles einfacher erklären lässt. Die Welt ist aber nicht einfach, sondern vielfältig, unübersichtlich und nicht immer eindeutig. Darum musst du dir zu jedem Thema einen guten und ausgewogenen Überblick verschaffen. Das geht nur, wenn du ohne Vorurteile einen Blick auf die Wirklichkeit bekommst

– bloß wollen Fake News genau das verhindern. Fehlt dir die Möglichkeit, dich unabhängig zu informieren, kannst du dir keine freie Meinung mehr bilden. Wer nur noch einen einseitigen Standpunkt zulässt, lernt keine unterschiedlichen Meinungen kennen. Gerade diese verschiedenen Sichtweisen sind besonders wichtig, um in Ruhe alle Vor- und Nachteile zu durchdenken und zu deiner eigenen Meinung zu kommen. Ohne ausgewogene Informationen gehen dir in einer Diskussion schnell die Argumente aus. Fake News machen denkfaul und dumm.

Aya sagt: „In der letzten PISA-Studie, die die Schulleistungen international vergleicht, wurde Folgendes festgestellt: Kinder und Jugendliche können nur schlecht zwischen Fakten und Meinung unterscheiden.
Ein Fakt ist eine nachweisbare Tatsache. Zum Beispiel: In Europa leben etwa 750 Millionen Menschen (Stand 2018).
Eine Meinung ist eine persönliche Ansicht und keine nachweisbare Tatsache. Zum Beispiel: In Europa leben nur nette Menschen.
Fake News geben gerne Meinungen als Fakten aus.“

Fake News nutzen Filterblasen

Wir alle können das Internet und soziale Medien kostenlos nutzen. Allerdings bezahlen wir mit unseren Daten, da die meisten Online-Angebote die ganze Zeit viele Informationen über uns sammeln, um unser künftiges Handeln vorauszusagen. Beim nächsten Aufruf der Seite erhältst du zum Beispiel nur noch die Informationen, die zu deinen Interessen und Gedanken passen oder deine Ansichten bestätigen. Andere Sichtweisen werden nicht mehr angezeigt. Du bist dann in einer „Filterblase“, die dir nur einen Teil der Wirklichkeit zeigt. Das fällt dir selbst nicht auf, weil du dich sehr wohl fühlst, wenn immer wieder deine eigene Meinung bestätigt wird.

Was haben Fake News zum Beispiel mit dem Klimawandel zu tun?

Fake News behaupten zum Beispiel oft, dass es den Klimawandel gar nicht gibt. Das kommt bei vielen Leuten gut an. Denn sie leugnen den Klimawandel vor allem, weil es ihr Leben leichter macht.
Wer nicht an den Klimawandel glaubt, braucht vor seinen Folgen keine Angst zu haben. Dann müssen sich er oder sie in ihrem Alltag nicht einschränken, um die Umwelt zu schonen und können weiterhin gedankenlos verschwenderisch mit Wasser umgehen oder stinkige Autos fahren.

Wer macht Fake News?

In den meisten Fällen geht es um politische Themen. Da manche Parteien nicht ausreichend Vertrauen in ihre eigenen Inhalte haben, setzen sie Fake News als Waffe ein, um so Menschen beim Wählen zu beeinflussen. Mit krassen Lügen lassen sich auch viele neue Anhänger gewinnen. Denn die Macher können ihre Falschmeldungen mithilfe sozialer Medien sehr genau nach Alter, Geschlecht, Beruf oder Religion adressieren. Dazu kommen noch Computerprogramme, die Fake News massenhaft verteilen: die Social Bots. Das sind Programme, die sich in sozialen Medien als Mensch ausgeben. So ein Bot benutzt sogar echte Namen wie etwa Rudi Schulze oder Andrea Maier, weil viele Leute so heißen. So glaubt jeder, dass es sich um eine echte Person handelt. Aber niemand merkt, dass es in Wirklichkeit nur eine Software ist.

Fake News und der Informationskrieg

Manchmal wollen auch fremde Länder und Regierungen Einfluss auf die politische Lage in anderen Staaten nehmen. Sie beschäftigen Menschen, die Fake News erstellen und verbreiten, um so im Ausland oder Nachbarland die Situation aus dem Gleichgewicht zu bringen. Es brechen auch Hacker aus anderen Ländern in geheime Regierungscomputer ein. Darum wird heute auch von *Informationskrieg* gesprochen. Statt mit Panzern in ein Land einzumarschieren, attackieren die Angreifer es über das Internet und versuchen, dessen Bevölkerung zu verunsichern.

Sind Fake News etwas Neues?

Nein, falsche Nachrichten gab es schon immer. Seit jeher wurden Tatsachen verfälscht, gelogen oder üble Gerüchte gestreut. Im Mittelalter zum Beispiel wurde die besonders schlimme Lüge verbreitet, dass Menschen jüdischen Glaubens kleine Kinder entführen würden, um deren Blut in einem religiösen Ritual zu trinken. Die grausame Lüge dieses angeblichen „Ritualmordes" löste so ein Entsetzen aus, dass die Bevölkerung damals Angst um ihre Kinder bekam. Sie machte darum über die Jahrhunderte immer wieder Jagd auf ihre jüdischen Mitbürger, brachte unzählige Familien um und zündete ihre Häuser an. Seitdem herrscht ein tiefes Misstrauen gegenüber Juden.

Es kamen aber noch mehr Vor- und Fehlurteile hinzu, die unter dem Fachbegriff Antisemitismus bekannt sind. Zum Beispiel, dass alle Juden reich sind.

Diese Vorurteile machte sich auch Adolf Hitler im Dritten Reich (1933–1945) zunutze, hetzte gegen Juden, nahm ihnen Geld und Rechte und brachte schließlich Millionen von ihnen grausam um. Das Märchen des Ritualmords hält sich übrigens bis heute. Anhänger der sogenannten QAnon-Bewegung etwa behaupten immer noch, dass eine sehr reiche und geheime Gruppe von Menschen Kinder gefangen hält, um aus ihrem Blut ein Verjüngungsmittel herzustellen. Obwohl das erstunken und erlogen ist, erreicht diese Behauptung in Videos und Blogs sehr viele Menschen über das Internet.

Warum ist der Begriff „Fake News" so populär?

Der Begriff wurde in den vergangenen Jahren durch den ehemaligen US-Präsidenten Donald Trump besonders populär. Dieser nannte alle Nachrichten „Fake News", die ihm nicht gefielen oder ihn kritisierten. Mit Hilfe des Blogdienstes Twitter hebelte Trump die gesamte Presse aus, weil er so seine eigenen Botschaften direkt und ungefiltert an Millionen Follower weiterleiten konnte. Er ging sogar so weit, die klassischen Nachrichtensender und Tageszeitungen als „Fake Media" zu beschimpfen.
In Deutschland, Österreich und der Schweiz werden die Medien ebenfalls beleidigt und als „Lügenpresse" beschimpft. Hierzulande wird behauptet, dass Zeitungen, Zeitschriften, Radio- und Fernsehsender als „Staatsmedien" gleichgeschaltet sind. Sie würden nur noch berichten, was die Regierung möchte, um die Menschen für dumm zu verkaufen. Das ist natürlich absoluter Unsinn, wird aber leider trotzdem von vielen Menschen geglaubt.

Machen ernsthafte Medien alles richtig?

Natürlich können sich auch ernsthafte Medien mal irren. In der Regel korrigieren sie ihren Fehler. Es gibt aber auch Sensationsblätter, die es mit der Wahrheit nicht so genau nehmen. Sensationsgeschichten verkaufen sich eben besser.

Hulda sagt: „Ohne freie Presse gibt es keine Demokratie."

Fake News oder wie sich Lügen verändert haben

Wer früher in der Politik die Unwahrheit gesagt hat, wollte sich auf keinen Fall bei einer Lüge erwischen lassen. Das ist heute anders. Es wird bewusst gelogen und es ist egal, dass jeder die Unaufrichtigkeit durchschaut. Denn eine oft genug wiederholte Lüge wird irgendwann für die Wahrheit gehalten.

Gibt es denn die Wahrheit überhaupt?

Ja, aber es ist nicht so einfach, weil es oftmals nicht die eine Wahrheit gibt. Wenn sich zum Beispiel zwei Menschen miteinander unterhalten, hat jeder seine eigene Wahrnehmung. Obwohl beide das Gespräch gemeinsam führen, kann jeder trotzdem etwas ganz anderes als Wahrheit empfinden – und das muss nicht übereinstimmen. Verschiedene Personen können eine Sache unterschiedlich deuten. Das macht die Frage nach der Wahrheit so verwirrend.

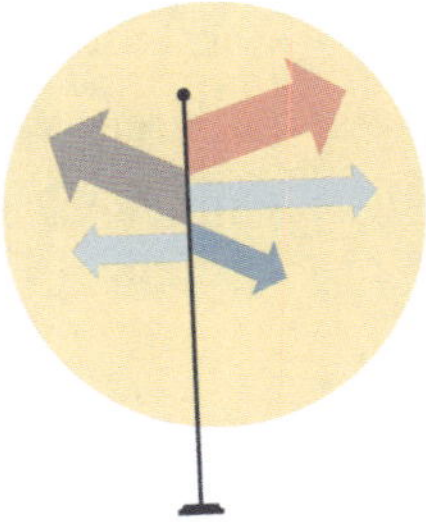

Wahrheit ist kompliziert – ein Beispiel

Flocki ist mit Friedo zum Zocken verabredet. Die Stimmung ist irgendwie doof. Denn Friedo hat keine Ahnung, dass sich Flocki gerade große Sorgen macht. Seine Eltern haben sich vorhin fürchterlich gestritten, und er hat einfach nur Angst, dass sie sich jetzt scheiden lassen. Das beschäftigt ihn die ganze Zeit. Aber er kann und möchte nicht mit jemandem darüber sprechen.
Friedo wundert sich. Sie wollen eigentlich Playstation spielen, doch sein bester Freund zieht die ganze Zeit ein Gesicht.

„Ist was?“, will Friedo wissen.
„Nee“, blockt Flocki ab.
Friedo merkt zwar, dass irgendwas nicht in Ordnung ist, bezieht aber das Verhalten seines Kumpels auf sich. Er vermutet, dass Flocki sauer auf ihn ist. Vielleicht weil er ihm noch nicht die fünf Euro zurückgegeben hat, es aber nicht sagen mag.
Flocki fällt auf, dass Friedo auf Distanz geht. Könnte Friedo sauer auf ihn sein, weil er ihn das letzte Mal an der Playstation besiegt hat? Und will er es nicht zugeben?
„Spielen wir jetzt oder was?“, fragt Friedo gereizt, weil er sich unwohl fühlt.
„Von mir aus“, antwortet Flocki. Aber es klingt nicht sehr überzeugend.
Die Laune ist jetzt bei beiden im Keller. Aber keiner weiß vom anderen, warum. Beide haben die gleiche Sache erlebt, sie aber völlig anders wahrgenommen.

Welche Lügen kennst du?

Lügen haben unterschiedliche Erscheinungsformen.

Die Notlüge. Trixi hat sich ein neues Kleid gekauft und präsentiert es stolz Hilda und Hulda. Sie finden das Kleid überhaupt nicht schön, wollen aber die Gefühle ihrer Freundin nicht verletzen. „Sieht super aus!“, rufen sie und Trixi freut sich.

Soziale Lüge. Sechs Freunde treffen sich. Alle wollen ins Kino. Anton hat keine Lust, geht aber mit, weil er die gute Stimmung der Gruppe nicht verderben will.

Vorsätzliches Lügen. Auf einem Kindergeburtstag hat Irina goldene Ohrringe geschenkt bekommen. Plötzlich sind sie verschwunden. Sie fragt ihre Gäste, ob jemand die Ohrringe gesehen hat. Alle sagen nein. Auch Olivia, die sie heimlich eingesteckt hat.

Werbelügen. In der Werbung wird auch viel gelogen. Zum Beispiel, wenn ein Hersteller behauptet, dass sein Schnitzel „Schnitzlibitzli" besser schmeckt als das gleiche Schnitzel von der Konkurrenz. Reklame übertreibt, um mehr verkaufen zu können.

Zwecklüge. Timo bewirbt sich um einen Schülerjob. Er soll bei Herrn Wachsmann das Laub im Garten zusammenrechen.
„Hast du schon mal in einem Garten gearbeitet?", will Herr Wachsmann wissen.
„Klar", antwortet Timo, obwohl das nicht stimmt. Er braucht den Job dringend, weil er auf ein Rennrad spart.

Welche Formen von Fake und Fake News gibt es?

Betrugs-Mail: Täglich bekommen wir Mails, die zu schön sind, um wahr zu sein. Angeblich erbst du von einem Unbekannten 20 Millionen Dollar. Um an das Geld heranzukommen, müsstest du aber erstmal Tausende Euro überweisen.

Fake Artikel: Im Journalismus gibt es sehr selten Reporter, die Interviews, Personen und Schicksale erfinden. Kommt so ein Fall heraus, verliert der Autor seinen Job.

Fake Profil: Jemand gibt sich mit falschem Namen im Netz aus.

Falschmeldung: Klassische Fake News. Zum Beispiel: „Katzenbabys können fliegen und Eier legen" oder „Hilda und Hulda sind Marsmenschen".

Gerüchte: Gerüchte sind wie Tratsch und Klatsch – sie müssen noch nicht einmal stimmen. Die Person, die es betrifft, kann sich gegen Gerüchte selten bis gar nicht wehren. Und etwas bleibt immer hängen.

Hoax: Hoax kommt aus dem Englischen und bedeutet Schwindel. Heute wird der Begriff auch für Falschmeldungen verwendet.

Kettenbriefe: Kettenbriefe gab es schon immer. Früher per Post, heute mit WhatsApp. Niemand weiß, wer sie schreibt. Kettenbriefe wollen dir nur Angst machen. Zum Beispiel drohen sie damit, dass deinen Eltern ein schlimmer Unfall passiert, falls du den Brief nicht weiterschickst. Sendest du ihn an 20 weitere Freunde, jagst du auch ihnen damit Angst ein. Glaube niemals Kettenbriefen und leite sie nicht weiter. Du kannst sie getrost löschen und so schnell wie möglich vergessen.

Propaganda: Propaganda kann grob mit politischer Werbung übersetzt werden. Hier geht es darum, dich mit vielen verschiedenen Medienformen (Texten, Fotos, Plakaten, Videos) zu beeinflussen.

Verschwörungstheorien: Eine Verschwörung ist, wenn sich eine Gruppe von Menschen heimlich zusammenfindet, um gemeinsam etwas zu unternehmen. In der Regel gegen den Staat oder die Bevölkerung. Weil Verschwörungen im Geheimen geschehen, kann sie niemand sehen. Heute geistern verschiedene Verschwörungsideen durch das Internet. Reiche Leute werden als Elite bezeichnet, die das Wetter steuern.
Was gegen Verschwörungstheorien wirklich hilft: den gesunden Menschenverstand einschalten. Nein, es gibt keine Menschen, die das Wetter lenken. Und nein, wir werden nicht gegen Außerirdische oder Kürbisse ausgetauscht.

Welche Formen von Fake News gibt es? (Auswahl)

Fake News bedienen sich vieler Methoden.

Deep Fake. Deep Fake heißt so viel wie tiefe Fälschung. Damit sind besonders raffinierte Fakes gemeint, die mit Hilfe künstlicher Intelligenz (KI) umgesetzt werden. Durch Manipulation eines Videos macht eine bekannte Persönlichkeit plötzlich verrückte Dinge oder sagt schlimme Sachen. Und das wirkt total echt! Mit Hilfe des Computers können aber auch Gesichter von Menschen erzeugt werden, die es überhaupt nicht gibt.

Framing. Framing kommt aus den Englischen und bedeutet im weitesten Sinne so viel „einrahmen". Diese Methode bedeutet, dass die Wortwahl mit einem bestimmten Thema in einen Zusammenhang gesetzt wird. Zum Beispiel „Gammelfleisch" oder „Flüchtlingswelle." So werden unmerklich negative Bilder in unsere Köpfe gesetzt.

Mere-Exposure-Effekt. Dieser Begriff kommt ebenfalls aus der Psychologie und steht im übertragenen Sinne für verstärktes Auftreten. Es bedeutet, dass das menschliche Gehirn sich nicht gerne an neue Dinge gewöhnt. Je häufiger etwas wiederholt wird, desto mehr hält es das Gehirn für etwas Gutes. Darum haben manche Parteien kein Problem damit, öffentlich großen Schwachsinn zu sagen, weil dann anschließend alle Medien darüber berichten und sich die Gegenseite aufregt. Das Hirn aber gewöhnt sich so an die Partei und hält sie vielleicht sogar für gut.

Priming. Priming kommt ebenfalls aus der englischen Sprache, zu Deutsch „Bahnung" oder „Vorbereitung". Hier ist die clevere, psychologische Technik der Beeinflussung gemeint. Sie trickst über Sprache das Gehirn aus, ohne dass du es bemerkst. Ein Beispiel: Bitte einen Freund oder eine Freundin schnell zehnmal das Wort „weiß" zu sagen. Frage die Person anschließend, was die Kuh trinkt. Wetten, dass sie „Milch" sagt. Dabei trinkt sie Wasser.

Schmähung (Diffamierung). Dieser altmodische Begriff bedeutet so viel wie „Beschimpfung" oder „üble Nachrede". Tageszeitungen als „Lügenpresse" zu bezeichnen, ist eine klassische Schmähung.

Zitat, erfunden. Ein Zitat ist ein Satz, den jemand zum Beispiel in einem Interview oder anderswo gesagt hat. Fake News aber legen berühmten Menschen gerne Sätze in den Mund, die sie nie gesagt haben. Wenn sich diese falschen Zitate verbreiten, kann das der Person schwer schaden. Etwa, wenn der Berliner Bürgermeister Wuttke mit diesem Satz in der Zeitung stehen würde: „Hamburg ist doch viel schöner als Berlin."

Zitat, aus dem Zusammenhang gerissen. Fake News arbeiten auch gerne, indem sie Zitate verfälschen oder aus dem Zusammenhang reißen. Das bedeutet, wenn nur Teile davon zitiert werden und so der ursprüngliche Sinn verloren geht oder etwas Entscheidendes fehlt. Ein Beispiel: „Morgen ist hitzefrei."
Klingt erstmal gut, oder?
Aber der Satz lautet: „Morgen ist hitzefrei, wenn die Raumtemperatur in der Klasse 27 Grad beträgt und die Schulleitung damit einverstanden ist." Nun sieht die Sache schon anders aus.

Kannst du die Hilda- und Hulda-Mitratekrimis und die Moral-Frage einem oder mehreren Formen der Fake News zuordnen?

Was haben Kinder und Jugendliche mit Fake News zu tun?

Einige Kinder interessieren sich nicht für Nachrichten. Das ist sehr verständlich, denn meistens sind die nicht gut und machen ihnen Angst. Erwachsene denken oft, dass sich ihre Söhne und Töchter nicht für das Weltgeschehen interessieren. Oft wollen sie aber nur schlechte Gefühle und Albträume vermeiden.
Darum stoßen mehr Erwachsene als Kinder auf Fake News. Ausnahmen sind kurze Meldungen, die sie zum Beispiel über Instagram oder TikTok erreichen. Aber auch ein Kettenbrief zählt zu den Fake News, und den hat ja schon fast jeder einmal erhalten. Trotzdem ist es wichtig, sich frühzeitig mit dem Thema Fake News auszukennen. Denn in einigen Bundesländern dürfen Jugendliche bereits mit 16 Jahren an Wahlen teilnehmen. Es wäre schlecht, wenn sie durch Falschnachrichten beeinflusst würden.

Wie kann ich Fake News erkennen?

Medien wie gedruckte Zeitungen, Onlinenachrichten, Radio und Fernsehen arbeiten mit einer *Redaktion.* Die meisten *prüfen* die Fakten vor Veröffentlichung auf ihren Wahrheitsgehalt. Blogs und viele Webseiten haben keine Redaktion. Niemand macht einen Gegencheck. Hier kann jeder behaupten, was er möchte. Das heißt zwar nicht, dass alle Blogs und Webseiten ohne Redaktion lügen. Aber einige eben schon.
Machen wir uns also besser nichts vor: **Fake News zu erkennen, ist für alle unglaublich schwer.** Zwar gibt es einige Methoden, wie du sie entlarven kannst, aber die sind knifflig und bringen nicht immer eindeutige Ergebnisse. Manchmal brauchst du auch die Hilfe eines Erwachsenen.

Fake oder kein Fake?

Eine Checkliste (Auswahl)

Wer hat die Nachricht erstellt?

- ☐ Schau nach, wer der Verfasser des Textes ist. Wird er überhaupt genannt? Gibt es keinen Autoren, ist das meist ein schlechtes Zeichen. Blöd: Die meisten Nachrichten haben nur Agenturen (z. B. dpa) oder nichtssagende Kürzel (z. B. jhe) oder gar nichts.
- ☐ Benutze Suchmaschinen: Lebt der Verfasser tatsächlich oder ist er vielleicht nur ausgedacht?
- ☐ Überprüfe den genannten Experten. Auf welchem Gebiet ist die Person Experte? Wirklich für das Thema, zu dem sich die Person äußert?
- ☐ Recherchiere, ob es diese Person als Experten oder Expertin wirklich gibt.

Wo ist die Nachricht erschienen?

- ☐ Schaue dir die Webseite genau an. Ist das tatsächlich eine offizielle Nachrichtenseite oder eher ein Blog? Worüber berichtet sie sonst noch?
- ☐ Siehe nach, ob die Webseite ein *Impressum* hat. Es sagt dir, wer als Absender hinter der Seite steckt. Liegt die Adresse im Ausland oder fehlt das Impressum ganz, ist die Seite mit Vorsicht zu genießen. In Deutschland sind Seiten ohne Impressum sogar illegal, also nicht erlaubt.
- ☐ Kontrolliere den Absender der E-Mail, wenn dir die Nachricht merkwürdig vorkommt. Stimmen angeblicher Absendername und E-Mail-Adresse überein?

Wie sieht die Nachricht aus?

- ☐ Prüfe das Datum: Von wann ist der Artikel? Gibt es überhaupt eine Zeitangabe?
- ☐ Sei kritisch: Manchmal werden bei Fake News bewusst Wahrheit und Lüge vermischt. Dieser Trick soll bewirken, dass du glaubst, wenn ein Teil stimmt, ist vielleicht auch der andere wahr. Ist er nicht.
- ☐ Halte nach Quellen Ausschau: Werden Quellen genannt, die dir verraten, woher die genannten Fakten stammen?
- ☐ Checke den Wahrheitsgehalt: Gebe die Aussage oder Überschrift in eine Suchmaschine mit dem Wort „Fake“ ein und schau nach, ob auch bekannte Nachrichtenseiten darüber berichten …
- ☐ … oder finde zwei unabhängige Quellen, die die Nachricht belegen.
- ☐ Bleibe misstrauisch: Strotzt der Text vor Rechtschreibfehlern, dann stimmt etwas nicht.

Wer hat die Nachricht verbreitet?

- ☐ Sieh nach, wer eine Nachricht im sozialen Netzwerk verbreitet, dann kontrolliere, was diese Person noch gepostet hat. Wer sind die Freunde dieser Person, was sagen sie und wofür stehen sie?
- ☐ Finde raus, ob diese Person nie persönlich etwas geschrieben, sondern nur hetzerische Artikel weitergeleitet hat. Dann ist das vielleicht kein Mensch, sondern ein Social Bot.

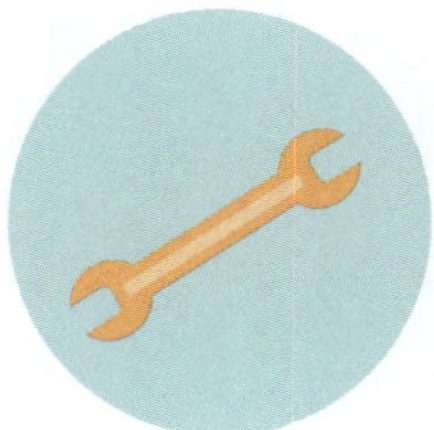

Was ist mit Bildern und Videos?

- ☐ Prüfe, ob es zu dem Foto eine Bildquelle gibt, die verrät, wer es gemacht hat.
- ☐ Nutze Bildersuche auf Google, um Bilder auf ihre Echtheit zu überprüfen. Du kannst ein Bild durch die Bilderrückwärtssuche zu seiner Quelle zurückverfolgen.
- ☐ Augen auf bei Videos: Auch gefälschte Videos haben oft kleine Fehler: Sind sie an bestimmten Stellen unscharf? Zum Beispiel der Mund, wenn er spricht. Sehr verdächtig!
- ☐ Behalte im Blick, ob die Körperteile unförmig oder merkwürdig aussehen.
- ☐ Schau nach, ob die Person im Video auch wirklich blinzelt.

Hilfreiche Webseiten

Manche Seiten versuchen Fake News aufzudecken.
Hier eine Auswahl:

- www.hoaxmap.org
- http://faktenfinder.tagesschau.de
- www.mimikama.at
- https://swrfakefinder.de/
- https://de.firstdraftnews.com/

NetzKrimi-Auflösungen

Erster Fall: Geld geboten für bessere Noten*

1 Wer hat den Artikel geschrieben und das Foto gefälscht?

Ein paar Tage später treffen wir uns bei Alwin zum Grillen im Garten. Er hat Familie Silbermann, Frau Wattenberg und uns eingeladen. Gregor rührt den Nudelsalat um und Silvana schenkt uns Limo ein. Herr Claasen und Simon Silbermann sitzen auf einer Bank und scheinen sich prächtig zu verstehen. Jedenfalls lachen sie die ganze Zeit. Nach all den Geschichten, die wir über die beiden Lehrer gehört haben, ist das schon ein sehr unwirklicher Anblick. Speck und die Pudeldame jagen ausgelassen durch den Garten. Nur Lovis fehlt.

Alwin dreht die Würstchen um. „Ich hätte nie gedacht, dass Lovis Herrn Silbermann so sehr hassen würde. Und mich anscheinend auch. Und das alles nur, weil er sich dafür rächen wollte, dass Herr Silbermann mich und nicht ihn zum Chefredakteur gemacht hatte. Darum muss er jetzt die Papert-Gesamtschule verlassen."

„Geschieht ihm ganz recht", findet Silvana. „Er ist zu weit gegangen. Habt ihr Mädels echt gut gemacht."

„Und was wird jetzt aus PAPI?", frage ich.

Alwin lacht. „Dr. Seitz hat es sich nochmal anders überlegt. „PAPI wird es weiterhin online geben."

„Super", freut sich Hulda. „Und wer übernimmt jetzt Lovis' Aufgaben?"

„Na ich", gesteht Silvana und umarmt Alwin. „Es wird ja auch mal Zeit, dass eine Frau in der Redaktion mitmischt."

Dann küsste sie Alwin, und mir wird schlecht.

2 Welche Tiere haben sich im Text versteckt?

- *Seite 12:* Nicht einmal einen Blumenstrauß oder Pralinen, wenn sie mehr als zehn Euro gekostet haben.
- *Seite 13:* Gut, denke ich, dann wird er sicher gleich den ganzen Schlamassel aufklären.
- *Seite 16:* „Ich glaube, ich spinne!"
- *Seite 17:* Krawall im Lehrerzimmer
- *Seite 19:* „Die ganze Geschichte ist vollkommen erstunken und erlogen!"
- *Seite 20:* Silvana ist doch sowieso eine exzellente Schülerin.
- *Seite 21:* Naja, wer diesen Artikel und das Foto in die Schülerzeitung gebracht hat, braucht gute Computerkenntnisse.
- *Seite 21:* „Wisst ihr, der Lehrerberuf ist für mich nicht nur ein Job, sondern meine Leidenschaft."
- *Seite 23:* „Ich bin stinksauer", erklärt sie finster.
- *Seite 26:* „Eigentlich wollte ich dich fragen, ob du Lust hättest, regelmäßig über Games zu schreiben oder ob du nicht für PAPI Let's-Play-Videos machen möchtest."

3 Welche drei Fehler haben sich eingeschlichen?

- *Seite 15:* Die beiden Elftklässler schweigen einen Moment.
  Richtig ist: Zehntklässler.
- *Seite 20:* Herr Silbermann gießt uns Cola ein und tippt dann auf den Ausdruck.
  Richtig ist: Es war Wasser.
- *Seite 27:* Speck, der kleine Romantiker, freut sich jedenfalls über das Wiedersehen mit der Dackeldame.
  Richtig ist: Pudeldame.

Zweiter Fall: Dieser Kübel ist voll übel***

1 Wer steckt hinter dem geposteten Foto? Und womit hat sich die Person verraten?

Ich gebe es gerne zu: Ich habe nicht gemerkt, dass die Lösung in den merkwürdigen Namen Opfer Welt, Welpe Torf und Polet Werf liegt. Wenn Hilda die einzelnen Buchstaben in eine andere Reihenfolge bringt, kommen jedes Mal die gleichen zwei Worte heraus: Peter Wolf.
Zusammen mit Dirk und Hamza informieren wir die Polizei.

Am nächsten Tag treffen wir uns vor dem Dönerlüttchen.
„Eigentlich hätten wir schon viel früher draufkommen können“, findet Hilda. „Metzger Müller hat uns doch von einem Stammgast erzählt, der Reporter und sein Schwager ist.“
„Dann hatte also der Metzger doch etwas damit zu tun?“, frage ich.
„Ja“, sagt Dirk. „Beide haben inzwischen gestanden. Das Dönerlüttchen war mittags eine viel zu starke Konkurrenz für den Metzger. Die Pizzeria öffnet ja erst abends.“
„Peter Wolf wollte seinem Schwager einen Gefallen tun und sich selbst auch, weil er so seine eigene Geschichte für die Titelseite geschaffen hatte.“
„Aber warum hat er dann alles anonym an Hasso Randt geschickt?“, fragt Hilda.
„Er hat es an alle Zeitungen gesendet. Wenn es alle bringen, dann lenkt es von ihm ab“, sagt Hamza.
„Gar nicht so blöd“, meint Hilda. „Und wer hat das Dönerlüttchen angezündet?“
„Das weiß leider niemand“, erklärt Dirk.

„Und? Wann könnt ihr wieder aufmachen?“, will Hulda wissen. Beide seufzen. „Vermutlich gar nicht. Es steht zwar fest, dass alles gelogen war, aber die Berliner werden uns immer als den Laden in Erinnerung behalten, der angeblich Hunde- und Katzenfutter ins Essen mischt. Selbst, wenn es nicht stimmt.“
„Irgendetwas bleibt immer hängen“, sagt Dirk traurig.
„Wollt ihr es euch nicht noch mal überlegen?“, frage ich. „Es wäre echt zu schade um den besten Iskender der Welt.“
„Mal sehen“, sagt Hamza. Es klingt nicht sehr zuversichtlich.

② Welche Schmuckstücke haben sich im Text versteckt?

- *Seite 29:* Schon greife ich nach der Gabel, um den allerersten Happen aufzuspießen.
  Aber auch die Falafel und die anderen vegetarischen Gerichte sind superlecker.
- *Seite 31:* Gierig greife ich erneut nach der Gabel.
- *Seite 34:* Goldmaus: Meine Kinder haben dort gegessen.
- *Seite 37:* Über ihm hängt eine Wurstkette.
- *Seite 42:* Heiko Bernstein: „Wenn du sowas für das beste Essen hältst, dann ernährst du dich wohl auch zu Hause aus der Mülltonne.“
- *Seite 44:* „Aber ihr seid doch besonders goldig.“

③ Welche drei Fehler haben sich eingeschlichen?

- *Seite 34:* Jemand will, dass das Dünerlöttchen dicht macht.
  Richtig ist: Dönerlüttchen.
- *Seite 38:* Der Metzger fasst sich ratlos an die weiße Kappe.
  Richtig ist: Die Kappe ist schwarz.
- *Seite 45:* „Naja", räumt Roswitha Schönborn ein.
  Richtig ist: Roswitha Schönbrunn.

Dritter Fall: Lug und Trug mit Geisterspuk***

① Wer steckt hinter allem?

Montag erzählen wir Flocki von der Lösung des Falls.
„Das war echt sehr knifflig. Aber am Ende haben die Akten Frau von und zu Donnerbüx überführt", meint Hilda. „In den Unterlagen fanden die Ermittler auch einen Zettel mit Antons Adresse. Sie hat die Eiche fällen lassen, ihm die Säge untergeschoben und dann anonym Polizei und Presse informiert."
„So ganz verstehe ich das nicht", meint Flocki. „Wozu der ganze Aufwand?"
Hilda seufzt. „Wir haben auch eine ganze Weile gebraucht, bis wir Trixis Mutter durchschauen konnten. Sie wollte den Park nicht länger mit der Öffentlichkeit teilen, sondern ganz für sich alleine haben und darum eine Mauer um den ganzen Park errichten lassen. Dr. Schnuddepick hatte deshalb den Auftrag, das Gelände zu prüfen. Aber wegen seines Unfalls haben sich die beiden dann zerstritten."
„Aber was hat das alles mit der Eiche zu tun?", wundert sich Flocki.

„Die Freifrau wusste, dass das Fällen der Eiche für Schlagzeilen sorgen würde“, fährt Hulda fort. „Sie musste nur mit anonymen Hinweisen nachhelfen, damit Anton die Schuld zugeschoben bekam. Dazu hat sie das Märchen von Kommando Grünes Schwarz verbreitet. So konnte sie zwei Fliegen mit einer Klappe schlagen: Erstens klaut sie GRÜNBEREICH ihr wichtigstes Symbol: die Eiche. Und zweitens war sie auf diese Weise endlich die lästigen Umweltschützer los, die online und in der Presse zu den Schuldigen erklärt wurden.“

„Und es gibt noch einen dritten Punkt“, erklärt Hilda. „Durch das Fällen des Baumes konnte Trixis Mutter der Stadt vorwerfen, die Bäume im Schlosspark nicht gut genug zu schützen. Darum wäre es ihrer Meinung nach das Beste, wenn der Besitz wieder an sie zurückfiele.“

Flocki ist erstaunt. „Ganz schön raffiniert. Und wer hat dann die Eiche gefällt?“

„Olaf und ein Komplize“, antworte ich. „Er hat alles zugegeben.“

Hulda seufzt. „Mir tut nur Trixi leid. Sie kann ja nichts dafür, wie ihre Mutter ist.“

Eine Frage muss Flocki noch loswerden. „Wie seid ihr eigentlich auf die Lösung gekommen?“

„Wir hatten Hilfe von Aurelius von und zu Donnerbüx“, klärt Hulda ihn auf.

„Und wer soll das sein?“

„Der Gärtner, der vor 400 Jahren die Eiche persönlich eingepflanzt hat. Aurelius führte Speck und uns zu den Beweisen, um sich an Trixis Mutter zu rächen, weil sie seinen Baum fällen ließ.“

„Hä? Vor 400 Jahren?“ Flocki zuckt mit den Schultern. „Das kapier ich nicht.“

Hilda lacht. „Na, Aurelius ist natürlich ein Geist.“

Augenblicklich weicht die Farbe aus Flockis Gesicht. „Ich glaube, ich muss ganz dringend aufs Klo“, ruft er und rennt davon.

② Welche Körperteile haben sich im Text versteckt?

- *Seite 53:* Ich habe ihn mit großer Mühe einholen können und allerhand Überzeugungsarbeit leisten müssen, damit er uns doch noch begleitet.
- *Seite 57:* „Ich klinge wie ein Dummkopf, das ist mir klar.“
- *Seite 66:* Bloß sind wir deshalb nicht zuständig, wenn sich ein halsstarriger Stinkstiefel im Park die Haxen bricht.
- *Seite 69:* „… das fühlt sich angesichts dieser Lügen über uns richtig mies an!“

③ Welche drei Fehler haben sich eingeschlichen?

- *Seite 64:* Anton H. gehört zu einer Gruppe von Umweltaktivisten, die sich Kommando Schwarzes Grün nennen und sich besonders kämpferisch für die Natur einsetzen.
  Richtig ist: Kommando Grünes Schwarz.
- *Seite 65:* „Unmöglich“, erklärt die Freifrau und stellt ihre Kaffeetasse ab.
  Richtig ist: Es ist eine Teetasse.
- *Seite 69:* „Mein Vater meinte doch, dass der zu allem fähig wäre.“
  Richtig ist: Es ist die Mutter.

Vierter Fall: Der Bürgermeister redet Kleister**

1 Wer hat das Video gefälscht?

„Stellt euch vor, wir hätten Kroll in seinem Büro besucht", meint Hulda ein paar Tage später im Schulhof. „Dann hätten wir nie das verräterische Foto mit den beiden Grillgästen bei ihm zu Hause gefunden."
„Wer waren die denn?", frage ich.
„Geschäftspartner von Kroll", erklärt Hilda. „Sie sind tatsächlich auf so miese Spielchen und geheime Filmaufnahmen spezialisiert. Sie wurden zusammen mit Kroll verhaftet."
„Jetzt muss nur noch Wuttke die Wahl gewinnen", meint Hulda. „Es haben ja zum Glück alle über das gefälschte Video berichtet." Dann hält sie inne. „Was ist das für ein Geräusch?"
„Die Elftklässler sägen gerade Baumstämme", antworte ich. „Für die Liebesbänke. Ich wollte gerade hin und mir das mal näher ansehen."
„Warte", sagt Hulda und hakt sich bei mir ein. „Ich komme mit."

2 Welche Planeten haben sich in Text versteckt?

- *Seite 73:* Die gesammelten Ideen werden von den Zwillingen am Ende bei einer Schulkonferenz präsentiert.
- *Seite 74:* „Ist doch sonnenklar."
- *Seite 80:* „Die werden alle hübsch abmarschieren …"
- *Seite 83:* Ich kenne Wuttkes Wahlleiterin Dana Merkurio, sie hat bei mir schon zwei Kochkurse gebucht.
- *Seite 86:* Ich war Casey Monday

③ Welche drei Fehler haben sich eingeschlichen?

- *Seite 80:* Wuttke dreht die Würstchen um.
  Richtig ist: Es waren Steaks.
- *Seite 85:* „So wie es aussieht, bin ich die längste Zeit Präsident dieser wundervollen Stadt gewesen."
  Richtig ist: Bürgermeister
- *Seite 89:* Vor Schreck fällt ihm der Toast aus der Hand.
  Richtig ist: Es war ein Flammkuchen.

Illustratorin

Julia Dudenko, geboren 1986 in Odessa, Ukraine. Studierte Kommunikationsdesign und Kommunikationsstrategie mit Schwerpunkt Illustration in Düsseldorf und Augsburg. Seit 2020 lebt und arbeitet sie in Frankfurt.

Begleitmaterial für Lehrerinnen und Lehrer

Ausschließlich für Lehrerinnen und Lehrer haben wir für den Einsatz von „NetzKrimi: Fake News – Hilda und Hulda lösen jeden Fall!“ in Ihrem Unterricht kostenloses Lehrerbegleitmaterial zusammengestellt. Bei Interesse schreiben Sie uns eine E-Mail an: info@medhochzwei-verlag.de

- Unterrichtsmaterial für die Grundschule als auch für die Sekundarstufe I für Schülerinnen und Schüler von 8–13 Jahre
- Einsatz einzelner NetzKrimis oder des ganzen Bandes
- Eine allgemeine Unterrichtseinheit zum Thema Cybermobbing für mindestens 8 Unterrichtsstunden
- Vielseitig anwendbar und kombinierbar, je nach Anforderung der Lerngruppe
- Vertiefende Unterrichtseinheit zu Geschichte 1 für 6 Unterrichtsstunden
- Bereitstellung von Kopiervorlagen
- Als Exkurse fächerübergreifend verwendbar
- Einsatz zur Leseförderung (genaues Lesen mit Krimi, Suchbegriffen und Fehlern)

Tina Sabine Römer, die Autorin des Schulbegleitmaterials, ist Lehrerin für Deutsch und Geschichte sowie Unterstufenkoordinatorin und Aufgabenfeldleiterin für Gesellschaftswissenschaften an der Christian-Rauch-Schule in der nordhessischen Kleinstadt Bad Arolsen. Einer ihrer überfachlichen Schwerpunkte liegt in der Medienerziehung und im Kindermedienschutz im Rahmen von Projekten und Aufklärungsarbeit.

Mehr Rätselspaß

Cybermobbing (Bd. 1)

Mobbing im Internet?
Das geht gar nicht, finden die Zwillinge Hilda und Hulda. Als berühmte YouTube-Stars wissen sie genau um die Gefahren, aber auch um die spannenden und abwechslungsreichen Facetten von Sozialen Netzwerken. Gemeinsam lösen sie in diesem Band viele Fälle:

Belästigung
Hilda und Hulda werden im Klassenchat von einem Mitschüler übel beschimpft. Warum macht er das? Und war er es wirklich?

Cyberthreat
Der Rapper Goldi Goldzahn soll angeblich eine Rapperin bedroht haben. Können Hilda und Hulda seine Unschuld beweisen?

Öffentliches Bloßstellen
Die Lehrerin Frau Grabenow stolpert über einen gespannten Draht. Der Täter verbreitet das Video ihres Sturzes im Netz. Doch wer steckt hinter dem Namen „Pränkmän"?

Verleumdung
Der Vater einer Mitschülerin wird gemobbt und verliert durch Lügen seinen Job. Hilda und Hulda suchen den wahren Täter.

Ausschluss
Einladung zur Party über WhatsApp. Nicht alle, die mitlesen, sind auch eingeladen.

104 Seiten.
Softcover. € 9,99.
Farbig illustriert.
ISBN 978-3-86216-841-5

Mitratekrimis